Bibliografische Information der
Deutschen Nationalbibliothek:

Die Deutsche Nationalbibliothek verzeichnet diese Publikation in
der Deutschen Nationalbibliografie;
detaillierte bibliografische Daten sind im Internet über
http://dnb.dnb.de abrufbar.

Herstellung und Verlag:
BoD – Books on Demand
Norderstedt

ISBN: 9783754330104

Hannas Suche nach dem Magischen Buch

Christel Dörner

Vorwort:

Hannas Abenteuer waren bis jetzt sehr spannend. Es fing so harmlos an, eine alte Bekannte ihrer Mutter schenkte ihr einen Teddy der fast so alt aussah wie sie selber. Dass es ein magischer Teddy war, stellte sich im Laufe der Zeit immer mehr heraus.

Als sie dann noch auf abenteuerliche Weise einen zweiten Bären findet, und ihr sogar ein dritter vorhergesagt wird, ist die Spannung greifbar.

Dann lernt sie Frau Fichte, die Leiterin des Archivs für Altertum kennen. Nun begann ihr Abenteuer so richtig.

Durch sie begegnet sie den Auserwählten die sie in ihrem Kreis aufnehmen. Auch sie kämpfen gegen Herrn Kranz ihrem größten Feind. Der setzt alles daran in den Besitz der Bären zu gelangen.

Auch Frau Siebel mit ihrem Hund Susy hütet ein großes Geheimnis.

Der neue Kollege von Vater, Herr Hörster, der mit seiner Familie zu der auch Sebastian, ihr Schulfreund gehört, ist auch sehr geheimnisvoll.

Zum Glück hat sie mächtige Freunde, wie den Wächter der Zeit und Luisa das Sternenkind mit ihrem Vater Leuchto. Sie helfen ihr bei der Suche nach dem dritten Bär.

KAPITEL:

DAS AUFWACHEN

Hanna öffnete die Augen und schaute sich langsam um. Was war geschehen?

Wie lange hatte sie geschlafen? Irgendwie fühlte sie sich gut, sie reckte und streckte sich. „Oh, sieh, sie wird wach, sie ist wieder da!" Mutter sprach diese Worte in ihr Handy.

Wieder da? Ihr war nicht bewusst, dass sie weg gewesen war. „Oh Hanna", Mutter stand strahlend vor ihr. „Endlich, ich bin schier umgekommen vor Sorge. Fast sieben Tage warst du nicht ansprechbar."

Sieben Tage? Was war passiert, und wo war sie jetzt? Hanna setzte sich etwas hoch und schaute sich erstaunt um. Die Einrichtung des Zimmers kannte sie noch, sie hatte hier Frau Müller und Frau Siebel besucht.

Sie lag im Krankenhaus.

Jetzt bemerkte sie auch, dass sie an Schläuchen angeschlossen war, hilflos schaute sie ihre Mutter an. Diese reagierte sofort und drückte einen Klingelknopf. „Gleich wird jemand kommen, wie fühlst du dich?"

Noch einmal bewegte Hanna alle Glieder, die sich normal anfühlten, wie immer. „Gut, was war denn los?"

„Ich weiß nicht, was mit dir passiert ist, du kamst nach Hause, legtest dich sofort in dein Bett, machtest die Augen zu und bis eben nicht mehr auf. Wir riefen, als du am nächsten Tag nicht wach wurdest, den Doktor, der untersuchte dich und rief dann einen Krankenwagen. Auch hier im

Krankenhaus wurdest du gründlich untersucht. Deine Blutwerte waren im Keller, es wurden viele Mangelerscheinungen festgestellt. Keiner konnte sich erklären, wie du in diesen Zustand kommen konntest."

Hannas Gedanken gingen zurück, nach und nach kam die Erinnerung wieder. Während Mutter weitersprach, fiel ihr alles wieder ein.

Es ging um Luisa, um das Sternenkind.

Luisa musste, um selbst zu überleben, Hannas Lebensenergie anzapfen. Dabei hatte Luisa wohl die Kontrolle über sich verloren und ihr zu viel Energie genommen. Luisas Vater hatte diesen Vorgang in letzter Minute gestoppt. Luisa hatte dann den Bären geküsst und diesen Hanna auf den Mund gedrückt.

Ihre Gefühle fuhren in diesem Moment Achterbahn, sie hatte den Eindruck, mit einem Schwung sämtliche Energie wieder eingepumpt zu bekommen.

So weit war ihre Erinnerung jetzt wieder da.

Die Tür ging auf und ein ganzer Schwarm von Ärzten und Schwestern betrat den Raum. „Da ist ja unser Sorgenkind wieder, wie fühlst du dich?" Ein älterer Arzt mit dicker Hornbrille, hinter der ein paar hellwache Augen besorgt auf Hanna blickten, trat an ihr Bett.

„Mir geht es gut. Was war denn mit mir?" „Keiner ist bis jetzt dahintergekommen, was dieses komplette Versagen deines Körpers ausgelöst hat. Wenn es nicht unmöglich wäre, würde ich sagen, deine Batterien wurden mit einem

Mal geleert, dein Körper stand auf der letzten Reserve."

Ein anderer Arzt trat vor und fühlte Hannas Puls. „Wir werden dein Blut noch einmal untersuchen und wenn alle Werte wieder normal sind, würden wir dich in zwei, drei Tagen nach Hause entlassen." Fragend schaute er Mutter an.

„Das geht in Ordnung, wir wollen ja sicher sein, dass sich so etwas nicht wiederholt." Vor Freude und Erleichterung rannen Tränen über Mutters Gesicht.

„Gut, dann werden wir dich erst einmal von den Schläuchen befreien und dir Blut abnehmen." Der Arzt nickte Hanna zu, bedeutete einer Schwester, die Schläuche zu entfernen, und verließ mit dem Rest der Truppe das Zimmer.

Als die Schwester fertig war, verspürte Hanna Durst. Sie versuchte, sich aufzusetzen, es gelang ihr aber nicht gleich. Sie schaute nach links und nach rechts, konnte ihren Bären jedoch nirgendwo entdecken.

WO IST DER BÄR?

„Wo ist mein Bär?", Panik schwang in ihrer Stimme. „Oh, mein Schatz, der musste mit uns nach Hause. Direkt am ersten Tag machte uns eine Krankenschwester klar, dass Spielzeug, besonders wenn es auch noch haarig ist, im Krankenzimmer nichts verloren hat. Sie meinte, wegen der Bakterien und so."

„Bitte, Mama, hol ihn mir!" Hanna sagte das so eindringlich, dass Mutter von ihrem Stuhl aufstand, nickte und erwiderte: „Gut, mein Schatz, kann ich dich denn alleine lassen? Ich sitze jetzt seit fünf Stunden hier. Vorher war Papa da, es war Tag und Nacht immer einer von uns bei dir."

„Ja, es geht mir wirklich gut, jetzt kannst du auch mal an dich denken. Grüß

Papa schön von mir." „Der wird sich freuen, dich wach zu sehen. Als du die Augen aufgemacht hast, habe ich gerade mit ihm telefoniert, er weiß also Bescheid."

Mit gemischten Gefühlen ging Mutter zur Tür, auf jeden Fall wollte sie noch mit einer Krankenschwester sprechen, ehe sie Hanna verließ. Gerade als sie die Zimmertür öffnen wollte, trat eine Schwester ein.

„Oh, Schwester, Sie kommen wie gerufen, zu Ihnen wollte ich gerade", begann Mutter. „Ist es in Ordnung, wenn ich Hanna ein wenig alleine lasse, um ihr ein paar Sachen zu holen?"

„Ja, klar, alles kein Problem, wir passen schon gut auf Hanna auf, lassen Sie sich ruhig Zeit." Freundlich nickte sie Mutter zu. „Okay, mein Schatz, ich hoffe, ich vergesse nichts."

„So, und nun zu dir", die Schwester strahlte Hanna an. „Wir sind alle sehr erleichtert, dich wieder wach zu haben, ich denke, du hast Hunger. Da dein Magen in der letzten Woche keine feste Nahrung bekommen hat, müssen wir langsam und mit leicht Verdaulichem anfangen."

Sie reichte Hanna den Speiseplan und wartete gespannt, was sie sich wohl aussuchen würde. Hanna horchte in sich hinein, nein, sie verspürte keinen Hunger. „Ist es Ihnen recht, wenn ich noch etwas warte? Im Moment kann ich mir nicht vorstellen, etwas zu essen."

„Das ist nicht schlimm, du solltest aber nicht zu lange warten. Je eher du wieder normal essen kannst, desto schneller bist du hier raus."

Ja, hier raus, das wäre nicht schlecht, dachte Hanna. „Ich komm später noch einmal vorbei." Mit diesen Worten verließ die Schwester das Zimmer.

Verrückt, das Ganze. Etwas anderes fiel Hanna in diesem Moment nicht ein. Dass das Abenteuer mit Luisa solche Auswirkungen auf sie haben würde, damit hatte wahrscheinlich nicht einmal Leuchto, Luisas Vater, gerechnet. Der riet ihr zu Vitaminen und Ruhe, um ihre Energie wieder aufzuladen. Aber ein Körper ist keine Maschine, die man mal eben reparieren kann.

Hanna versuchte, das Bett zu verlassen, auf zittrigen Beinen stand sie endlich daneben. Bei den ersten Schritten musste sie sich am Bettgestell festhalten. So wird das nichts, dachte sie. Mit wackeligen Knien setzte sie sich wieder zurück. Luisa, Luisa, was hast du mit mir gemacht?

Eine andere Schwester betrat das Zimmer und brachte einen großen Becher dampfenden Kakao. „Oh, es ist gut, dass du dich bewegen willst, du solltest jedoch Hilfe rufen, denn deine Muskeln müssen erst wieder in Schwung kommen. Hier, trink das, es ist ein Energiemix, der auch noch gut schmeckt. Scheue dich nicht zu klingeln, wir freuen uns, dir jederzeit Hilfe zu leisten."

Sie stellte den Becher auf das Schränkchen und ging wieder. Hanna nahm ihn und trank langsam Schluck für Schluck. Das tat ihr gut. In ihrem Magen begann es zu brodeln, er gluckste und rumorte. Erst langsam beruhigte er sich wieder und eine wohlige Wärme machte sich im ganzen Körper breit.

ERINNERUNGEN

Ihre Gedanken gingen zurück, was hatte sie in letzter Zeit alles erlebt! Angefangen hatte alles, als Frau Müller ihr den Bären schenkte. Damals konnte sie mit der Bezeichnung Nachfolgerin noch nichts anfangen, heute wusste sie genau, was Frau Müller meinte.

So fing alles an. Sie konnte Menschen, die sich auf Zeitreisen befanden und für alle anderen unsichtbar waren, sehen. Sie bekam einen mächtigen Feind, Herrn Kranz. Ihr Widersacher versuchte, ihr zu schaden, wo er nur konnte.

Ihr selbst war es möglich, in die Vergangenheit zu reisen. Das half ihr, ihr Elternhaus und die alte Eiche im Garten vor Herrn Kranz zu retten. Ein großer Bahnhof unter der Eiche konnte wieder aktiviert werden und die durch Herrn Kranz hier gestrandeten Menschen wieder nach Hause bringen.

Hanna nahm noch einen großen Schluck. Wie es Flo und Oliver wohl jetzt ging? Die beiden wurden ihre Freunde und durften als eine der Ersten in ihre Zeiten zurückreisen.

Anna, ihre Freundin, war noch in Amerika bei Verwandten. Ein ganzes Jahr würde sie dort wohnen. Annas Onkel arbeitete für die Filmbranche, sie hatte bestimmt inzwischen schon einige Stars kennengelernt.

Wie es wohl Frau Siebel ging? Irgendwie war sie mit schuld an ihrer jetzigen Lage. Hanna wusste nicht, ob sie Hass oder Mitleid für sie empfinden sollte. Sie konnte sehr hinterlistig sein, dann wiederum wirkte sie so hilflos, es war sehr schwer, sie zu beurteilen.

Auch sie kam aus der Vergangenheit, ihre Familie hatte über Generationen das Modul des Außerirdischen bewacht. Dann aber hatte Herr Kranz die junge Frau so in seinen Bann gezogen, dass sie ihm folgte und das Modul für ihn gleich mitnahm. So war es in seinen Besitz gelangt.

Herr Kranz hatte dann die Macht des Moduls genutzt, um ihren Großvater verunglücken zu lassen.

Dann war da ja auch noch Luisa, das Sternenkind. Luisa kam aus einer vergangenen Vergangenheit. So hatte ihr Vater die Zeit, aus der sie kamen, beschrieben.

Auf der Suche nach ihrem Vater war sie dunklen Mächten in die Hände gefallen.

Diese hielten ihre Seele in einem schwarzen Loch, das wiederum in ein kleines Kästchen gesperrt war, gefangen.

Frau Siebel hatte dieses Kästchen in Hannas Zimmer versteckt. Sie hoffte wohl, Hannas Wissen um den dritten Bären mit Hilfe des Sternenkindes aufzufangen.

Nur durch die Nachlässigkeit von Frau Siebel war dieses Kästchen einen Spaltbreit offen. Das schwarze Loch verbreitete solch einen intensiven Gestank, dass Hanna schnell aufmerksam wurde. So konnte Luisa mit ihr in Verbindung treten.

Herr Sneider, einer der Auserwählten, hatte das Kästchen in Verwahrung genommen, da von diesem eine große Gefahr für die ganze Welt ausging. Was Herr Sneider nicht wusste, war, dass Luisa zu diesem Zeitpunkt schon nicht mehr in dem schwarzen Loch gefangen war. Sie hatte sich in Hannas Sternenkette gerettet.

Luisas Vater fand dann den Aufenthaltsort ihres Körpers, so konnte ihre Seele wieder zurück aus Hannas Kette in den Körper. Hanna konnte sich jetzt vorstellen, wie Luisa sich gefühlt haben musste, denn auch sie hatte sämtliche Energie verbraucht.

Durch Hannas Energie konnte Luisa die ihre wieder etwas auftanken und Hanna hoffte, dass die beiden die Heimreise gut geschafft hatten.

Sie lag nun schon eine Woche handlungsunfähig im Bett. Luisa wollte eigentlich nur so viel Lebensenergie abzapfen, wie sie brauchte, um heil wieder in ihre Zeit zu gelangen. Dann aber ging alles schief. Leuchto, Luisas

Vater, bemerkte, dass etwas nicht stimmte und griff ein.

Sie bekam noch mit, wie Luisa mit ihrem Bären sprach, diesen dann küsste und ihn ihr anschließend auf den Mund drückte. Ihr war, als ob dadurch ihre ganze Energie mit einem Schwung wieder eingehaucht wurde.

FRAU MÜLLERS BESUCH

Hanna war überzeugt, hätte man ihr den Bären gelassen, sie wäre längst wieder fit. Nun blieb ihr nichts anderes übrig, als auf ihre Mutter und den Bären zu warten. Langsam fielen ihr die Augen zu, sie versank in eine Art Dämmerschlaf.

„Na, das ist ja gründlich schiefgegangen." Ihr persönlicher Geist meldete sich zu Wort. „Da hätte dir wirklich nur dein Bär helfen können, aber das konnte ja hier keiner wissen. Frau Fichte hat versucht, dich zu besuchen. Deine besorgten Eltern ließen jedoch niemanden zu dir.

Da du ja nicht ansprechbar warst, hätte ein Besuch am Krankenbett in den Augen deiner Eltern auch keinen Sinn gemacht.

Dass auch sie dir hätte helfen können, konnte sie ja schlecht sagen."

„Ja, alles ist schiefgelaufen, ich will nur noch hier raus. Warum bin ich denn jetzt so müde? Geschlafen habe ich doch wohl genug."

„Bis jetzt hat dein Körper Schwerstarbeit geleistet, um sich zu regenerieren. Die Müdigkeit jetzt ist nur zum Ausruhen. Wenn du wieder erwachst, geht es dir besser und du wirst mehr wissen." Hanna nickte nur, dann schlief sie fest ein.

Es dauerte nicht lange und Frau Müller kam sie besuchen. Hanna sah sie klar und deutlich. Sie begrüßte Hanna und zog sich einen Stuhl ans Bett. „Na, du machst ja Sachen", begann sie, „damit hatte keiner gerechnet, aber so sind menschliche Körper, angreifbar und gebrechlich. Dass du Luisa das Leben gerettet hast, und das sprichwörtlich in letzter Sekunde, ich glaube, du kannst dir nicht vorstellen, was du damit geleistet hast.

Das Sternenkind ist die Verbindung zwischen den Welten! Wer weiß, was passiert wäre, wenn ihm hier bei uns ein Leid zugefügt worden wäre.

Luisas Opa ist jetzt noch damit beschäftigt, die Wogen wieder zu glätten. Ich soll dich von ihr grüßen, auch sie ist noch nicht wieder ganz hergestellt und ihr Vater überlegt schon, sie zu einem anderen Planeten zu bringen. Dort haben sie viel bessere Möglichkeiten, ihr zu helfen. Seele und Körper waren lange getrennt, das hat mehr Schäden hinterlassen, als man ahnen kann."

Erschrocken schaute Hanna sie an. „Wird sie denn wieder ganz gesund?" „Ja, so wie es aussieht."

Im Flur vor der Tür wurden Stimmen laut. Frau Müller stand auf. „Ich werde mich jetzt erst einmal verabschieden, natürlich bleiben wir in Verbindung, doch auch du musst dich zuerst einmal vollständig erholen."

Hanna wollte sie anschauen, aber sie war schon weg.

DAS ERSTE ESSEN

Irritiert schlug Hanna ihre Augen auf und sah sich im Zimmer um. Nein, sie hatte nicht geträumt, der Stuhl stand noch an ihrem Bett.

Die Tür wurde geöffnet und eine ältere Schwester trug ein Tablett mit dampfendem Essen herein.

– Du musst essen –, die Stimme im Kopf klang beschwörend. – Dein Körper braucht diese Nahrung, dann bist du auch schneller hier raus. Hanna sah ein, das essen nötig war.

„So, ich habe dir einfach einmal etwas zusammengestellt und hoffe es schmeckt dir." Die Schwester klappte das Brett aus dem Nachttischschrank hoch und stellte das Essen darauf. Zuerst zog sich Hannas

Magen zusammen, er wollte keine Nahrung. Doch der Duft, der ihr in die Nase stieg, ließ ein Hungergefühl aufkommen.

„Danke, wenn es so schmeckt, wie es riecht, esse ich gerne." Die Schwester nickte. „Dann, guten Appetit, ich schaue später noch einmal nach dir." Zufrieden verließ sie das Zimmer.

Langsam, Löffel um Löffel, wurde der Teller leer. Hanna aß eine Suppe, in der einige Gemüsestücke und etwas Fleisch waren. Sie war nicht besonders gewürzt, schmeckte ihr aber.

Als der Teller leer war, legte sie sich zufrieden zurück. Der erste Schritt war getan! Von nun an würde es sicher bergauf gehen. Eigentlich fehlte ihr jetzt nur noch ihr Teddy, um ganz schnell auf die Beine zu kommen.

Sie versuchte, etwas zu träumen, doch die Tür ging schon wieder auf.

Mit einem strahlenden Lächeln schaute Hannas Mutter auf den leeren Teller. „Du glaubst gar nicht, wie beruhigt ich bin, dass du wieder isst. So kommst du schnell zu Kräften.

Ich glaube, dein Bär ist auch zufrieden mit dir. Hier, nimm ihn, ich habe das Gefühl, auch er hat dich vermisst." Mit diesen Worten zog sie den Bären aus ihrer Stofftasche und gab ihn Hanna.

Ganz vorsichtig nahm Hanna ihn an sich und drückte ihn. Zufrieden sah Mutter zu. Sie hatte zwar nie verstanden, was ihr Mädchen an diesem alten Stofftier fand, freute sich aber, dass der Bär ihrem Kind so guttat.

Hanna war klar, dass ihre Mutter es seltsam finden musste, dass sie so an dem Bären hing. Doch Mutter hätte keine ruhige Sekunde mehr, wenn sie das Geheimnis des Bären kennen würde.

„Ich soll dir schöne Grüße von … ach eigentlich von allen ausrichten. Besonders Annas Mutter hat mit uns gebangt und ist jetzt genauso erleichtert wie wir. Sie will Anna gleich verständigen. Anna hat jeden Tag angerufen und sich nach dir erkundigt.

Deine Lehrer waren auch in ständigem Kontakt mit uns. Ich glaube, ich muss noch einige Leute beruhigen und ihnen berichten, wie gut es dir wieder geht."

Mutter hielt inne, forschend sah sie Hanna an.

„Es geht dir doch gut, oder?"

„Ja, natürlich, mir geht es gut, schön wenn ich wieder zu Hause bin."

„Ich habe gerade noch einmal mit dem Doktor gesprochen. Hier im Haus gibt es eine Fitness-Abteilung, dort kannst du deine Muskeln wieder in Schwung bringen.

Sie kramte in ihrer Tasche. „Oh nein, jetzt habe ich den Brief von Frau Fichte vergessen. Sie wollte dich besuchen, doch wir lehnten ab, schließlich konntest du ja niemanden empfangen und einen schlafenden Menschen zu besuchen, führt zu nichts."

Da bin ich mir nicht sicher, dachte Hanna, aber das konnte sie ihrer Mutter nicht sagen. So nickte sie nur.

Nachdem Mutter wieder gegangen war, hoffte Hanna, Frau Müller würde sich noch einmal blicken lassen. Aber nichts geschah.

Anfangs fiel es ihr schwer, wieder richtig auf die Beine zu kommen. Doch nach einigen Tagen intensiven Trainings und dank einer Aufbaukost, die es in sich hatte, ihr aber nur teilweise schmeckte, fühlte sie sich topfit.

Der Tag der Entlassung war da! Hanna war aufgeregt. Endlich öffnete sich die Tür, Mutter und Vater stürmten herein. „Endlich, mein Schatz!" Irrte sie sich, oder hatte Vater tatsächlich Tränen in den Augen?

„Wir freuen uns einen Ast ab. Auch wenn die Ärzte sich wundern, wie schnell du wieder so fit geworden bist, nun, ich glaube, es liegt an den Genen, unsere Familie ist einfach toll."

Ja, und ich habe Bären, die mir helfen, dachte Hanna und musste lachen.

Mutter nahm sie wortlos in den Arm. Vater schnappte sich Hannas Sachen, nur den Bären, den nahm sie selber.

„Dann wollen wir uns schnell verabschieden, unser Zuhause wartet." Mutter öffnete die Tür und Hanna ging hinaus, ohne sich noch einmal umzuschauen.

Nach einer kurzen, aber herzlichen Verabschiedung von den Ärzten und Schwestern verließen sie das Krankenhaus.

„So, das wäre geschafft, auf zu neuen Abenteuern!"

Hanna ahnte, dass das, was noch folgte, ihr größtes Abenteuer werden würde.

HANNAS HEIMKEHR

Ein schönes Gefühl wieder nach Hause zu kommen. Hanna kam die Fahrt vom Krankenhaus zurück nach Hause unendlich lang vor. Sie war froh, wieder in ihr normales Leben zu kommen.

Papa rieb sich die Hände. Hanna sah ihn an, so hatte sie ihn lange nicht erlebt.

„Ja Schatz, Papa hat sich etwas ausgedacht. So wie wir zwei immer Papapartys veranstalten wenn er von einer Reise zurückkommt gibt es heute eine Hannaparty! Lass dich überraschen."

Mama nahm sie schon wieder in den Arm. „Oh je", dachte Hanna, "was wird das wohl werden."

Zuhause angekommen gab es ein großes `Hallo`.

In der Wohnung warteten: Annas Eltern. Anna, ihre beste Freundin war ja für ein Jahr zu Verwandten nach Amerika gezogen. Herr Hörster mit Sebastian, Frau Fichte und Frau Siebel.

Letztere schaute so aus, als fühle sie sich gar nicht wohl.

Frau Fichte, die Leiterin des Archivs für Altertümer, ging auf Hanna zu und umarmte sie herzlich. „Hanna", es sah so aus, als wollte sie sie gar nicht mehr loslassen. „Oh Hanna, was haben wir uns für Sorgen gemacht, schön das es dir wieder gut geht."

Auch die anderen begrüßten Hanna. Sebastian, Hannas Schulfreund, erzählte, dass sich alle in der Klasse auch Sorgen gemacht haben und sich jetzt schon auf ihr wiederkommen freuen.

Als letzte gab Frau Siebel ihr die Hand, Hanna hatte sie durch Susy, Frau Siebels Hund, kennengelernt, fast verlegen schaute sie zu Boden, dann sagte sie: „Auch ich bin erleichtert dass es dir besser geht. Ich glaube, Susy hat dich vermisst, ich habe sie jetzt nicht mitgebracht.

Wir beide würden uns aber über einen Besuch von dir in den nächsten Tagen freuen." Gespannt wartete sie auf Hannas Reaktion.

Hanna blieb freundlich: „Ja, auch ich freue mich, wenn ich Susy wiedersehe. Schließlich haben wir ja schon viel miteinander erlebt.

Auch Ihre Rettung war ein Abenteuer."

Diese Worte brachten Frau Siebel noch mehr in Verlegenheit. Frau Fichte betrachtete die Situation mit Schadenfreude während alle anderen nur ein harmloses Gespräch vermuteten.

„So, nun aber genug der Worte, lasst uns Hannas Genesung mit Kaffee, Kakao und Kuchen feiern." Vater hatte mit diesen Worten die für Frau Siebel peinliche Situation aufgelöst. Er rieb sich wieder die Hände, nahm einen Teller und steuerte auf den Kuchen zu.

Es wurde noch viel geredet, alle rätselten, wie Hanna in solche Lage geraten war, und hofften, dass sich so etwas nicht wiederholen würde.

Annas Mutter gab Hanna dann bei der Verabschiedung noch eine CD. Anna hatte sie für ihre Freundin aufgenommen. Frau Siebel gab ihr nur wortlos die Hand und

Frau Fichte beschwor sie, sich schnellstmöglich bei ihr zu melden. Sebastian versprach, alle in der Klasse von ihr zu Grüßen.

Es würde wohl noch einige Tage dauern bis sie wieder zur Schule durfte.

Nachdem sich die Tür hinter allen geschlossen hatte, ließ Hanna sich auf das Sofa plumpsen. Der Tag war doch anstrengender gewesen als sie zugeben wollte.

Mutter räumte noch einige Sachen weg und Vater legte die CD ein. An ihm gekuschelt schaute Hanna, was Anna ihr geschickt hatte. Anna war nun schon einige Monate in Amerika.

Hanna vermisste ihre Freundin. Aber sie gönnte ihr natürlich ihr eigenes Abenteuer.

Auf der CD waren wunderbare Landschaftsbilder, Annas Gastschule und winkende Mitschüler. Einige Stars, aus der Ferne aufgenommen. Schließlich arbeitete ihr Onkel ja für die Filmbranche. Dann kam eine Rede von Anna mit vielen guten Worten die ihre Sorge um die Freundin ausdrückten.

Gleich Morgen werde ich sie anrufen, nahm sich Hanna vor. Dann schlief sie auf dem Sofa ein. Vater holte Kissen und eine Decke.

„Ich hoffe, wir haben ihr nicht zu viel für den ersten Tag zugemutet", sagte er zu Mutter. Doch diese schüttelte nur den Kopf.

HANNAS REISE IN DIE ZUKUNFT

Hanna wurde schwindlig, sie rieb sich die Augen, wie lange hatte sie wohl geschlafen? Wo war sie? War sie überhaupt wach? Erstaunt schaute sie sich um. Sie saß nicht auf ihrem Sofa, und wie ihr Zuhause sah es hier schon gar nicht aus.

Erschrocken griff sie unter ihrem Pulli, ihr Bär war da. Erleichtert fuhr sie sich mit der Hand durch ihr Haar. Mit ihrem Bären konnte ihr nicht viel passieren.

Sie schaute sich genauer um, dann stand sie auf und ging ein paar Schritte. Irgendwie war sie draußen und doch wieder nicht. Ein riesiger Raum, unendlich weit. Oben konnte man durch ein Glasdach den Himmel sehen.

Vogelgezwitscher erfüllte die Luft und wenn sie nicht ab und zu einen eisigen Wind, der durch alle Glieder fuhr, spüren würde, es wäre ein Ort zum wohlfühlen.

„Wo bin ich?" Hanna fragte ihren persönlichen dienstbaren Geist. „Hmm, alles ging so schnell, ich muss mich erst selber einmal umschauen. So etwas ist mir noch nie passiert."

Das hörte sich gar nicht gut an.

Schon wieder ein Windstoß, diesmal eisiger und stärker als die bisherigen. Hanna umarmte im Reflex einen Baum.

„Mist!" abrupt hörte der Wind auf. Vor Hanna stand ein Junge, der dem Aussehen nach nicht älter als 6 Jahre sein konnte, „nun wären wir fast zusammengestoßen, entschuldige, ich muss noch üben."

„Wer bist du und wo bin ich hier?" Der Junge schaute Hanna misstrauisch an. „Wer bist du und warum bist du hier wenn du noch nicht einmal weißt, wo du bist?"

Das ist eine gute Frage, kneif mich doch mal, vielleicht schlafe ich ja noch und das hier ist nur ein Traum." „Ein Traum! Ich war noch nie in einem Traum, was ist das?"

„Jeder weiß doch was ein Traum ist, warum du nicht. Jetzt erzähl mir einmal wo ich bin!" „Na, hier." „Oh, komm, du bist doch nicht dumm, du kannst mir doch den Namen dieses Ortes nennen."

„Na gut, wir sind hier in Alsstadt, so jetzt weiß du es." Der Junge verdrehte die Augen und schaute sie trotzig an.

„Nein, das kann nicht sein. Alsstadt ist meine Heimatstadt, da kenne ich mich aus, diesen Ort habe ich noch nie gesehen."

„Dann glaub doch was du willst, ich übe jetzt das Flitzgleiten weiter." Er drehte sich auf dem Absatz um. Hanna spürte wieder so etwas wie einen Sog, und weg war er. - Jetzt hat er mich gar nicht gekniffen - das war alles was Hanna dachte, so baff war sie.

Das musste ein Traum sein, was sonst, hier konnte unmöglich Alsstadt sein. „Doch, der Junge hat nicht gelogen, wir sind wirklich in Alsstadt – nur in der Zukunft!" Der dienstbare Geist meldete sich wieder.

„Irgendetwas hat uns hierher katapultiert. Ich weiß nicht, wie das passieren konnte. Gut das ich gerade bei dir war, als das passierte."

In Hannas Kopf tobte ein Orkan, so sah die Zukunft aus? Was sollte sie hier? Wie konnte sie zurück? Bisher landete sie bei ihren Zeitreisen immer in der Vergangenheit. Hatte es mit dem dritten Bären zu tun?

Ihr war schon lange klar, dass der erste Bär der Bär der Vergangenheit war, der zweite, der Bär der Gegenwart, also musste der dritte der Bär der Zukunft sein.

War das ein erster Schritt den dritten Bären zu finden?

Ratlos schaute sie sich um, hier sah es aus wie in einem riesigen Gewächshaus. Kein Haus weit und breit. Es hilft nichts, ich muss mich auf den Weg machen,

Menschen finden und versuchen, so viel wie möglich über diesen Ort und diese Zeit zu erfahren.

Wahllos zog sie los, sie hatte keine Ahnung, welche Richtung sie einschlagen sollte, also, immer der Nase nach. Der Weg schien kein Ende zu nehmen. Hanna wusste nicht, wie lange sie schon gelaufen war, überall sah es gleich aus.

Oh, je, ob ich jemals wieder hier heraus finde? Langsam verließ sie der Mut. Sie holte ihren Bären unter dem Pulli hervor und drückte ihn feste an sich.

Verloren stand sie da; dann, plötzlich kam so etwas wie ein Sturm auf der genau so schnell wie er kam, wieder verschwand.

„Siehst du, was habe ich gesagt, ich hatte recht. Triumphierend zeigt der Junge auf

Hanna. Er war nicht mehr alleine, eine Frau begleitete ihn. Auf den ersten Blick hielt Hanna sie für Frau Fichte, sie atmete schon erleichtert auf.

Doch, es war nicht Frau Fichte, die Augen, solche Augen hatte Hanna noch nie gesehen. - Außerirdisch – schoss es ihr durch den Kopf.

Genau! als Leuchto, Luisas Vater, sein Modul wiederhatte, leuchteten seine Augen ähnlich.

Abwartend blieb Hanna stehen. „Also du bist das Mädchen, das nicht weiß wo es ist." Das war keine Frage sondern eine Feststellung.

Hanna nickte.

„Dann komm mal mit uns." Die beiden nahmen Hanna zwischen sich und los ging eine rasante Reise auf der Hanna Mund und Augen schließen musste, so stark war der Wind.

Nach einigen Sekunden war die Reise auch schon wieder zu Ende. Hanna öffnete die Augen, hier sah die Welt ganz anders aus. Erstaunt schaute sie sich um. Wow, was für ein Unterschied, erst fast Urwald, jetzt Großstadt.

Instinktiv sah sie nach oben. Auch hier sah sie die Glaskuppel. Anscheinend lebten die Menschen dieser Zeit hier wie in einem großen Käfig.

Als würde die Frau Hannas Frage ahnen, erklärte sie: „Was du hier siehst könnte die Zukunft sein in der die Menschheit leben muss, wenn du den dritten Bären nicht findest. Alle müssen unter riesigen Kuppeln leben, die Atmosphäre um uns ist vergiftet. Herr Kranz und seine Komplizen haben ganze Arbeit geleistet.

Noch haben sie nicht gewonnen, die Menschen wehren sich so gut sie können, doch der ewige Kampf zehrt an ihren Kräften. Herr Kranz will seinen Heimatplaneten hier nachbauen. Menschen haben in seiner Planung keinen Platz."

Unsicher sah Hanna sie an. Das alles sollte sie verhindern? Plötzlich fühlte sie sich ganz klein.

„Keine Angst, du wirst es schaffen." Der Junge lächelte Hanna an. „Es wird ein langer, aufregender Weg. Bis jetzt hast du dich toll geschlagen, das Sternenkind ist auf deiner Seite, alle guten Mächte werden dich unterstützen."

„Ja, das werden sie, du musst nur die Verräter meiden", unterbrach die Frau den Jungen. „Die Verräter?" Hanna fühlte sich immer unwohler. „Ja, es gibt Menschen, denen wäre es recht wenn Herr Kranz gewinnt. Sie fühlen sich der Menschheit nicht verpflichtet und denken nur an ihren Profit."

Plötzlich verdunkelte sich der Himmel, erschrocken blickten alle drei hoch.

„Es wird Zeit, dich zurück zu schicken, gleich wird hier die Hölle los sein. Denk an meine Worte, finde schnell den dritten Bären."

Die letzten Worte hörte Hanna schon nicht mehr richtig, der Sog, der sie erfasste, war so mächtig, dass sie keine Luft mehr bekam. Mit Händen und Füssen rudernd versuchte sie, den Sturz zu bremsen.

Plötzlich wurde sie feste gedrückt, „Hanna, Hanna! Wach auf." Die Stimme der Mutter klang beschwörend. Langsam wurde sie ruhiger, sie schlug die Augen auf und fuhr sich wieder mit der Hand durchs Haar, so, als wolle sie den restlichen Wind vertreiben.

„Ich glaube, du hattest einen Albtraum. Der Doktor hat uns auf so etwas schon vorbereitet, es sagte; das du dadurch die Situation der letzten Wochen verarbeiten würdest."

„Gut dass du mich geweckt hast, ich war an einem merkwürdigen Ort." Hanna schüttelte sich. Sie musste unbedingt mit Frau Fichte sprechen, vielleicht hatte die ja eine Antwort auf diesen Traum.

Hanna legte sich in ihr Bett, sie war froh, dieses Erlebnis nicht in ihrem Zimmer gehabt zu haben. Der Rest der Nacht verlief ohne Zwischenfälle.

ANNAS UND FRAU FICHTES ANRUFE

Nach dem Frühstück suchte sie hektisch nach Frau Fichtes Telefonnummer, sie wusste, dass sie den Zettel mit der Nummer gut aufgehoben hatte, anscheinend zu gut. Als sie schon aufgeben wollte, fiel ihr Blick auf das Schmuckkästchen in dem der Schlüssel zum Baumbahnhof versteckt war.

Lange hatte sie es schon nicht mehr geöffnet. Ab und zu, wenn sie etwas Wichtiges aufheben wollte, hatte sie es benutzt. Vorsichtig öffnete sie es. Die Sternenkette, mit der sie Luisa gerettet hatte, lag darin. Direkt darunter der gesuchte Zettel.

Hanna atmete auf. Sie nahm den Zettel an sich, auf der einen Seite befand sich Frau Fichtes Telefonnummer und auf der anderen eine scheinbar Endlosnummer mit der Hanna nichts anfangen konnte.

„Noch nicht! Bewahre den Zettel gut" meldete sich ihr Beschützer, „er wird noch wichtig." Hanna nickte nur, sich zu wundern hatte sie längst aufgegeben.

Das Telefon klingelte. Mutter nahm den Hörer ab und sprach ein paar Worte, dann rief sie nach ihr: „Komm schnell, es ist Anna!"

Anna, ihre Freundin, wie sie diese vermisste, noch nie war sie ihr so nah, obwohl sie doch so weit von ihr entfernt war. Amerika lag ja nicht direkt um die Ecke. Anna war die einzige die nicht nur ihr Geheimnis kannte, auch viele Abenteuer hatten sie gemeinsam erlebt.

„Was machst du für Sachen? Kann man dich denn nicht einmal alleine lassen?

Du ahnst gar nicht, was du mir für einen Schrecken eingejagt hast. Wenn ich die Möglichkeit gehabt hätte, ich wäre sofort gekommen." Diese Sätze sprudelten nur so aus Anna heraus. Es schwang aber auch so etwas wie Erleichterung mit.

Ehe Hanna antworten konnte, sprach Anna schon weiter: „Wie konntest du in eine solche Lage kommen?" „Oh, Anna, schön deine Stimme zu hören. Selbst wenn du hier gewesen wärst, du hättest mir nicht helfen können."

Sie schaute sich um, Mama war aus dem Zimmer gegangen, also konnte sie frei reden.

„Alles passierte, weil ich das Sternenkind gefunden habe. Luisa, so heißt das Sternenkind, konnte nur Überleben, weil es meine Energie bekam.

Man hatte ihre Seele gestohlen und in ein schwarzes Loch gesteckt. Dieses war in einer kleinen Schachtel und wurde durch Frau Siebel in meinen Zimmer versteckt.

Zum Glück war sie eine Haaresbreite auf. Dadurch konnte Luisa sich bemerkbar machen und sich in meine Sternenkette retten. Das konnte sie nur, weil die Sternenkette aus einem Material aus dem Raumschiff hergestellt wurde in dem Luisas Opa damals hier strandete.

Kannst du dich noch an dem Außerirdischen erinnern? Er heißt Leuchto und ist Luisas Vater. Er hat geholfen Luisa zu retten. Im Moment sind die beiden an einem Ort, an dem Luisa geholfen werden kann, sie hatte es viel schlimmer erwischt wie mich. Ich würde es immer wieder tun."

Am anderen Ende der Leitung war es ganz still. Hanna konnte sich vorstellen, dass Anna den Mund nicht mehr zubekam. „Bist du noch da?", fragte sie.

„Na, das war ja mal ein Abenteuer, ich hätte genauso gehandelt. Diesmal hätte es aber auch anders ausgehen können. Auch meine Verwandten hier haben mit mir um dich gezittert."

„Ich danke euch, bestell schöne Grüße." „Mach ich, danke, ich muss jetzt auch mal Schluss machen, melde mich aber so schnell ich kann wieder. Deine Stimme zu hören ist doch etwas anderes als immer nur zu schreiben. Jetzt habe ich ja erst einmal etwas was ich verdauen muss. Dann, bis bald und bestell du auch schöne Grüße." Anna legte auf.

Das hat gutgetan, es half Hanna mit Anna über ihre Abenteuer zu sprechen.

Erleichtert lehnte sie sich zurück. Ob sie mit Frau Fichte über ihren Traum reden sollte? Es war alles so echt gewesen.

Eine Zukunft unter Kuppeldächer und mit einem endlosen Kampf gegen Herrn Kranz? Nur sie konnte diese Zukunft verhindern, dazu musste sie aber den dritten Bären finden, wenn sie ihn wirklich finden würde was dann?

Statt aufzuklären kamen immer neue Fragen, Hanna musste mit jemanden darüber sprechen. Sie ließ den Zettel erst einmal in dem Kästchen. Mama wollte gleich einkaufen und sich dann mit Annas Mutter auf einen Kaffee treffen. Sie würde also ungestört mit Frau Fichte telefonieren können.

Mutter schrieb sich noch eine Einkaufsliste, zog eine Jacke an und mit einem „Bis später", war sie zur Tür hinaus.

Hanna nahm die Bären und setzte sich gemütlich in einem Sessel, nun hatte sie Zeit zu überlegen, was sie mit Frau Fichte besprechen wollte.

Während sie nachdachte, klingelte das Telefon. Frau Fichte meldete sich Langsam wird sie mir unheimlich, dachte Hanna. Hatte sie den siebten Sinn oder waren die dienstbaren Geister aktiv?

„Hallo Hanna, ich habe das Gefühl, wir müssen uns mal treffen", sagte sie ohne große Einleitung. „Wie wäre es, wenn ich dich zu einer Tasse Kakao in der neu gestalteten Bäckerei einlade? Die haben doch jetzt einen Raum eingerichtet in dem man Kaffee und Kuchen zu sich nehmen kann. Ich würde morgen Nachmittag vorschlagen."

„Danke, das ist eine nette Idee, ich werde es mit meinen Eltern besprechen und Ihnen dann Bescheid geben. Ich hoffe, es geht Ihnen gut, gerade ist es mir auch durch den Sinn gegangen Sie anzurufen."

„Als ob ich es geahnt hätte", sagte Frau Fichte. Hanna sah sie in Gedanken lächeln, „dann, bis später." Ehe Hanna antworten konnte legte Frau Fichte auf.

Seltsame Frau, aber sehr nett, dachte Hanna. Sie erzählte ihrer Mutter, die nur kurz gekommen war um ihre Einkaufssachen abzustellen, von dem Gespräch. Die hatte nichts dagegen das die Zwei sich treffen würden.

„Ich selber habe in der Bäckerei noch nichts gegessen, aber, wenn man hereinschaut, es sieht schon einladend aus. Dann kannst du ja gleich ein Brot mitbringen, ist ja ein Weg. Annas Mutter wartet bestimmt schon auf mich. Bin also jetzt wieder weg."

Hanna nickte nur.

Nach einigen Minuten fiel die Tür ins Schloss und Hanna war wieder alleine in der Wohnung.

HERR BROS

Dann mache ich es mir erst einmal gemütlich dachte sie. Sie öffnete das Fenster um einmal durchzulüften. Ihr war, als ob sich im Garten etwas bewegte. Als sie mit Teddy im Arm wieder nach draußen schaute, konnte sie nichts entdecken.

Dafür hörte sie aber von unten Geräusche, ob Mutter etwas vergessen hatte? Vorsichtig schlich Hanna die Treppe herunter. Sie hatte sich nicht verhört, aber nicht Mutter machte diese Geräusche. Hanna glaube ihren Augen nicht, es war der Weißhaarige mit den roten Augen!!

Vor Schreck stockte ihr der Atem, sie hatte mit allen gerechnet nur nicht mit diesem Mann, wähnte sie ihn doch tot.

Was wollte dieser Mann hier? Herr Kranz hatte ihn bestimmt nicht geschickt, wenn sich die beiden noch einmal begegneten, würde sie lieber nicht in der Nähe sein.

Als ob er Hanna gespürt hätte schaute er nach oben. Direkt in ihr Gesicht. Sie drehte sich um und rannte die Treppe wieder herauf. „Stopp, warte mal!" der Mann sagte es leise, fast sanft.

„Ich will dir nichts tun, nur ein paar Auskünfte. Das wäre nett. Ich hatte Zeit genug über alles nachzudenken."

Hannas Schritte stoppten, bis eben war sie überzeugt, Herr Kranz hätte diesen Mann erschossen, was für ein Schock, ihn lebend zu sehen.

„Ich habe Schuld auf mich geladen, deinen Großvater verraten und Herrn

Kranz bei einer Schurkerei geholfen. Jede Minute bereue ich meine Tat. Dein Großvater war ein guter Mensch. Ich weiß nicht, was in mich gefahren war.

Für mich war es leicht verdientes Geld, ich brauchte es dringend. Erst viel später erfuhr ich, dass Herr Kranz Schuld an meinen Geldmangel war. Er hat mich belogen und betrogen um mich dorthin zu bringen wo er mich brauchte."

Hanna glaubte ihm jedes Wort, genau das war seine Masche, die Menschen manipulieren und ausbeuten. „Und nun?" Hanna fragte es patzig, der Mann konnte ja nicht wissen dass sie vieles miterlebt hatte.

„Nun möchte ich etwas wieder gutmachen und dabei helfen, Herrn Kranz unschädlich zu machen." „Aber wie wollen Sie das machen?"

Erwartungsvoll schaute Hanna ihn an.

„Ich möchte mich euch anschließen im Kampf." „Anschließen? Wem denn? Ich kenne niemanden der gegen Herrn Kranz kämpft, jedenfalls aktuell nicht."

Klar, da waren Leuchto und sein Vater, Frau Müller und die Auserwählten, aber einen gemeinsamen Kampf gab es nicht.

„Ich weiß nicht genug über ihn, wo könnten wir ansetzen? Und, wie kommen Sie überhaupt in meine Zeit? Ich sah Sie in der Vergangenheit, es ist nicht einfach in eine andere Zeitzone zu wechseln." So viele Fragen, nun war Hanna sehr gespannt auf die Antworten des Mannes.

„Eine lange Geschichte, ich weiß einiges über Herrn Kranz, wahrscheinlich wurde er schon böse geboren. Er stammt nicht von dieser Welt, das Raumschiff das ihn und andere Verbrecher auf einen Strafplaneten bringen sollte, verunglückte und musste hier Notlanden.

Zu den Überlebenden gehörte auch er. Im Chaos gelang ihm und einigen anderen die Flucht. Seinesgleichen kann hier ohne Hilfsmittel von einer Zeit in die nächste- und zurück reisen. Ich war lange verletzt und hatte Zeit, über mein Leben und mein Tun nachzudenken.

Als es mir besser ging, fing ich an, Herrn Kranz zu beobachten, so entdeckte ich Zeittüren. Durch diese habe ich den Weg hierher gefunden und nun möchte ich helfen ihn unschädlich zu machen."

Hanna war unsicher, was sollte sie tun? Konnte sie dem Mann trauen? Frau Fichte war die einzige die ihr jetzt einfiel. Vielleicht konnten die Auserwählten das

Wissen dieses Mannes nutzen und seine Angaben überprüfen.

„Ich kenne eine Gruppe die Ihr Wissen und Ihre Hilfe vielleicht brauchen kann. Wenn Sie nichts dagegen haben werde ich Kontakt zu dieser Gruppe aufnehmen. Lassen Sie mir bis morgen Zeit. Wie wäre es, wenn wir uns morgen Nachmittag in Kaffe der Bäckerei treffen?" Fragend schaute Hanna den Mann an.

Nach kurzem Überlegen stimmte dieser zu. Er verabschiedete sich und ging. Hanna musste sich erst einmal setzen, sie ließ sich auf die nächste Stufe plumpsen und strich sich durchs Haar.

Die ganze Zeit wähnte sie diesen Mann tot, hatte sie doch mit eigenen Augen gesehen wie Herr Kranz ihm eine Kugel in den Kopf geschossen hatte.

Vielleicht hatte diese den Kopf ja nur gestreift. Als der zweite Schuss fiel, war Hanna ja schon selber die Treppe hinuntergefallen. Durch das Gepolter aufgeschreckt kam Herr Kranz ihr gefährlich nahe und nur das Eintreffen der Polizei hatte ihre Entdeckung durch ihn verhindert. Hanna schauderte heute noch wenn sie nur daran dachte.

Dieser Mann schuf nun eine völlig neue Situation, vielleicht konnte sein Wissen sie ja weiterbringen und helfen Herrn Kranz zu besiegen.

FRAU FICHTES REAKTION

Die Telefonnummer von Frau Fichte hatte sie ja griffbereit. Es war wie immer, kaum hatte sie die Nummer gewählt, hatte sie Frau Fichte schon am Apparat. Aufgeregt und ohne Luft zu holen erzählte Hanna ihr die ganze Geschichte.

Am anderen Ende der Leitung war erst einmal Stille.

„Frau Fichte? Sind Sie noch da?" „Ja, das ist ja ein Ding. Du glaubst wirklich das dieser Mensch uns von Nutzen sein kann?"

„Ich denke, jede Information die wir bekommen können, könnte später einmal wichtig werden." „Da hast du natürlich recht, schaden können Infos in keinen Fall. Deine Idee, ihn für Morgen ins Kaffee zu bitten, war gut. Ich werde die

Sache hier besprechen und mich dann noch einmal bei dir melden."

Zack, ehe Hanna antworten konnte hatte sie aufgelegt. Dabei hätte sie mit ihr gerne noch über ihren Traum gesprochen. Es war zum verrückt werden, sie hatte das Gefühl, mit niemanden darüber reden zu können.

„Beruhige dich!" mahnte eine Stimme, „bis jetzt lief doch alles gut." Aha, ihr persönlicher, dienstbarer Geist. Seit ihrem Traum hatte sie nichts mehr von ihm gehört.

„Du bist gut, der Arzt hat mir jede Aufregung verboten, wie soll ich ruhig bleiben wenn immer neues, unvorhersehbares passiert? Aber du hast recht, es läuft alles gut."
Nun konnte sie nur abwarten was der nächste Tag bringen würde.

Was würde der Fremde zu berichten haben, könnte er wirklich helfen Licht ins Dunkel zu bringen? Es war schon seltsam, keiner konnte sagen, wer dieser Herr Kranz war, woher er kam und über welches Wissen er verfügte.

Kam er von dieser Welt oder war Leuchtos Vermutung richtig und er war ein Verbrecher der damals aus dem Raumschiff floh?

Wollte er seine alte Welt hier neu erstehen lassen?

Der Rest des Tages verlief schleppend, gespannt wartete Hanna auf den nächsten Tag. Endlich war es soweit, bevor sie ging, packte sie den zweiten Bär in einen Beutel und nahm ihn darin auch mit. Sie war schon eine halbe Stunde vor der vereinbarten Zeit in der Bäckerei.

Wie die sich doch verändert hatte, wehmütig schaute sie zu der Nebentür.

Hier hatte ihr Abenteuer begonnen. Sie konnte sich noch gut an die Gefühle erinnern, ihre Verwirrtheit als sie das erste Mal durch die Tür gezogen wurde.

Dann, als ihr klar wurde, welch wunderbares Geschenk Frau Müller ihr gemacht hatte. Aber auch, welche Verantwortung sie damit übernommen hatte, nun sollte hier die Geschichte weitergehen.

Die Bäckerei war gut besucht, Hanna befürchtete, dass sie gar keinen freien Tisch mehr finden würden. Suchend ging sie durch den Raum. Auf einem Tisch in der hintersten Ecke lag eine Karte auf der - Reserviert - stand.

Unschlüssig blieb sie stehen.

„Gehörst du zu Frau Fichte?" fragte die freundliche Bedienung. Hanna nickte. „Dann kannst du dich schon einmal setzen, Frau Fichte hat den Tisch bestellt."

Gut gemacht, dachte Hanna, da kam Frau Fichte auch schon um die Ecke.

„Schön das du kommen konntest, setz dich, dann können wir uns ja noch ein bisschen unterhalten, ehe unser Gast kommt. Ich bin sehr gespannt, was wir erfahren werden. So ein Mensch wie Herr Kranz ist mir noch nie untergekommen. Ich mag es nicht, wenn mir einer ständig ins Handwerk pfuscht und ich noch nicht einmal weiß, mit wem ich es zu tun habe."

So hatte Hanna Frau Fichte noch nicht erlebt.

„Wir hätten gerne zweimal das kleine Gedeck, einmal mit Kaffee und einmal mit Kakao." Die so angesprochene Bedienung nickte. Nun musste Hanna doch grinsen, so schnell konnte Frau Fichte umschalten.

Schweigend aßen sie ihre Brötchen, Hanna nahm Marmelade, Frau Ficht legte sich dick die Wurst darauf. Immer wieder schaute sie auf ihre Armbanduhr. Die beiden hofften inständig, dass der Fremde wirklich kam.

Er kam. Pünktlich betrat er die Bäckerei, suchend sah er sich um. Hanna stand auf und winkte ihm zu. Frau Fichte saß mit dem Rücken zu ihm und sah ihn erst, als er vor ihnen stand.

Erfreut sah sie hoch, doch ihr Lächeln gefror, als sie ihn anschaute. Hanna bemerkte sofort dass etwas in der Luft lag, plötzlich spürte sie eine Spannung die greifbar war.

Der Mann hatte die Hand schon zum Gruß hingehalten, auch er stockte mitten in der Bewegung. Es sah so aus, als würde er kehrtmachen und davonlaufen.

Doch dann besann er sich, ein dünnes lächeln glitt über sein Gesicht. „So sieht man sich wieder, wenn man es am allerwenigsten erwartet." Auch Frau Fichte hatte sich wieder im Griff, „Ja, man begegnet sich immer zweimal im Leben."

Hanna wusste nicht, wie sie reagieren sollte. "Dann muss ich euch ja nicht vorstellen", sagte sie hilflos.

„Nun, wir sind uns schon begegnet", sagte der Mann und zu Frau Fichte gewandt sagte er: „Dich hätte ich jetzt am allerwenigstens erwartet, wie lange haben wir uns nicht gesehen? Wann hast du die Seiten gewechselt?"

Erschrocken sah Frau Fichte Hanna an, für Sekunden wurden ihre Augen rot. Hanna griff nach ihren Bären. Das dieser ganz heiß geworden war, wunderte sie nicht. Was passiert wohl, wenn ich den zweiten Bären aus dem Beutel hole?

Gut das auch er dabei ist, so fühle ich mich sicherer. Sie lehnte sich zurück und war gespannt, wie sich die Sache weiter entwickeln würde.

So wie Frau Siebel in sich zusammen sackte, wenn sie sich ertappt fühlte, wurde auch Frau Fichte plötzlich wieder die harmlose, ältere Dame.

„Hanna, ich muss dir etwas erklären, bitte vertraue mir weiter, diese Erklärung werde ich dir später geben, jetzt ist nur wichtig, ob diese Person" - dabei schaute sie den Mann von oben bis unten an — „sein Wissen mit uns teilen will."

Dem Mann zugewandt sagte sie: „Auch wir müssen reden, aber nicht jetzt und nicht hier. Das hier hat nichts mit uns zu tun. Die Dinge ändern sich und wie es aussieht haben wir jetzt einen gemeinsamen Feind. Bist du immer noch bereit uns Informationen zu geben?"

Der Fremde hatte sich gesetzt, er schien die Situation jetzt zu genießen. Lächelnd bestellte er sich einen Kaffe, dann wandte er sich Hanna zu und sagte: „Mein Name ist Bros, Frau Fichte und ich kennen uns schon sehr lange, aus einem anderen Leben - so kann man es erklären."

Hanna glaubte ihm sofort, sie wunderte sich ja schon lange über nichts mehr.

„Ich hätte mir nicht träumen lassen, dass wir noch einmal zusammen gegen irgendetwas kämpfen, aber, ich bin dabei."

Nach diesen Worten atmete Frau Fichte hörbar auf.

Was immer die beiden Verband, ihre überraschende Begegnung hatten sie gut gemeistert. Frau Fichte bestellte sich noch einen Kaffee, dann forderte sie Herrn Bros auf: „Erzähle mal!"

Das Cafe in der Bäckerei war jetzt bis auf den letzten Platz besetzt, einige kleinere Kinder liefen zwischen den Stühlen hin und her. „Können wir uns nicht woanders weiter unterhalten? Hier haben wir nicht die nötige Ruhe."

Hanna schaute sich um, Herr Bros hatte recht, hier war es zu unruhig.

Auch Frau Fichte sah ein, dass hier nicht der richtige Ort für eine wichtige Unterhaltung war.

Sie dachte kurz nach, dann entschied sie: „Wir treffen uns später in meinem Amt. Lasst mir Zeit bis 17 Uhr, bis dahin muss ich noch einiges regeln." Dann zahlte sie, stand auf und ging, ihr fast schwebender Gang ließ einige Gäste erstaunt schauen.

Hanna stand auf, unschlüssig stand sie am Tisch. „Geh nur, ich werde pünktlich sein, Herr Kranz wird uns diesmal nicht entwischen. Er hat selber schuld, wenn er sich mit allen anlegt wird ihm das um die Ohren fliegen."

Sie nickte, dann ging sie in den Verkaufsraum und kauft ein Brot. Nachdenklich ging sie nach Hause, sollte aus dieser informativen Unterhaltung ein neues Abenteuer werden?

FRAU FICHTES GESCHICHTE

Kaum war sie angekommen, klingelte das Telefon. Frau Fichte bat sie mit ruhiger Stimme doch früher zu kommen. „Ich lege großen Wert darauf, dir einiges zu erklären", sagte sie eindringlich.

„Muss ich mit meiner Mutter abklären, denke aber, es geht." Mehr sagte Hanna nicht, dann legte sie auf.

Natürlich würde sie früher kommen, um nichts in der Welt wollte sie Frau Fichtes Geschichte verpassen. Sie mochte Frau Fichte und konnte sich nicht vorstellen, dass diese in dunkle Machenschaften verstrickt war.

Was hatte die Frau, die Frau Fichte so ähnlich sah, in ihren Traum gesagt? „Du musst nur die Verräter meiden!"

Ihre Bären hatten ja auch reagiert und waren warm geworden, sie würde beide wieder mitnehmen und auf der Hut sein.

„Da bist du ja schon wieder." Mutter kam vom treffen mit Annas Mutter zurück „Deine Treffen mit Frau Fichte sind immer schnell vorbei."

„Ja, sie scheint eine vielbeschäftigte Frau zu sein. Sie möchte mir gleich in ihrem Amt sehr alte Papiere zeigen, in denen steht wohl etwas über Zauberer und Hexen. Schade dass Anna nicht da ist. Vielleicht hat Herr Hörster ja doch recht, bitte, darf ich sie mir anschauen?"

Mutter verdrehte die Augen. „Seit es Menschen gibt, gibt es auch den Glauben an das übernatürliche, heute, in unserer aufgeklärten Zeit, sollte das aufhören."

- Oh Mama, wenn du wüsstest was ich schon alles erlebt habe, würdest du anders denken - .

Hanna lächelte ihre Mutter an. Laut sagte sie: „Wahrscheinlich hast du recht, aber es ist doch spannend, zu erfahren was die Menschen früher gedacht und geschrieben haben."

„Lass dich nicht allzu sehr darauf ein. Frau Fichte ist zwar eine sehr sympathische Frau, ich habe aber nie verstanden, warum sie sich so sehr für dich interessiert. Papa beschreibt sie als sehr verschlossen und scheu. Was findet ihr aneinander?"

„Vielleicht möchte sie ja, dass ich mich für ihren Beruf interessiere. Papa sagt doch auch, es wäre schade, wenn solche alte Schriften in Vergessenheit gerieten,sie zeugen doch von unserer Vergangenheit."

Mutter gab sich geschlagen. „Na gut, wenn du so neugierig bist. Pass trotzdem auf und lass dich auf nichts ein." „Keine Angst, ich werde bestimmt keine Hexe." Hanna versuchte ein Grinsen.

Aus ihrer Sicht hatte Mutter ja recht. Eine fremde Frau, die immer wieder ihre Nähe suchte, dass musste ja seltsam wirken. Es kam ihr so vor, als würde sie sich in zwei Welten bewegen. Wenn sie doch wenigsten Anna an ihrer Seite hätte, oder Oliver, oder auch Flo. Sie fühlte sich gerade sehr allein.

Zur verabredeten Zeit stand sie vor dem großen Gebäude. Frau Fichte öffnete und ließ sie hinein. Bevor sie die Tür wieder schloss schaute sie aufmerksam die Straße hinauf und herunter.

Sie führte Hanna in den großen Saal. Die Auserwählten saßen an dem runden Tisch.

Nur Herr Sneider fehlte. Frau Copernikus stand auf, begrüßte Hanna, und bat sie, sich doch rechts neben sie zu setzen.

„Wie du siehst sind wir fast vollständig, was Frau Fichte dir zu sagen hat, betrifft uns alle."

Neugierig nahm Hanna Platz.

„Du kannst dir denken dass alles sehr weit zurückliegt. Die Welt hier lag nach einem Krieg in Schutt und Asche. Aus einer großen Gemeinschaft, die die geflohenen Häftlinge des gestrandeten Raumschiffs suchten, wurde eine kleine Gruppe speziell Ausgebildeter Leute herausgesucht um den Anführer dieser Ausbrecher zu jagen. Seitdem nennen wir uns - Die Auserwählten.-"

Ernst sah Frau Fichte in die Runde. Ein zustimmendes nicken aller Anwesenden bekräftigte ihre Aussage.

„Einige Schurken haben wir schon eingesammelt. Herr Kranz, dessen Taten wir gar nicht mehr alle zählen können, hatte bis jetzt immer wieder Glück. Dabei bedient er sich der Menschen als wären es Gebrauchsgegenstände. Gefühle kennt er nicht, weiß aber die Gefühle der Mensch-en für seine Zwecke einzusetzen.

Du und deine Familie seit die Ersten gegen die er nicht ankommt.

Frau Müller hat gerade im richtigen Moment den Bären an ihre Nachfolgerin übergeben. So hattest und hast du noch Zeit in deine Rolle hineinzuwachsen."

Sie machte eine Pause, trank einen Schluck aus ihrem Glas und sah Hanna eindringlich an.

Kurz kämpfte diese mit sich, sollte sie von ihrem zweiten Bären erzählen? Sie gab sich einen Ruck, irgendwie musste es ja weitergehen und alleine würde sie es niemals schaffen. Es blieb ihr nichts anderes übrig als den Auserwählten zu vertrauen.

„Zwei", sagte sie, „ich habe zwei Bären." Während sie das sagte griff sie unter ihrem Pulli und holte den Ersten hervor. Den Zweiten holte sie aus ihrer Tasche. Sie setzte beide vor sich auf den Tisch.

Zuerst waren alle, auch Frau Fichte, starr, fast bewegungsunfähig starrten sie auf die beiden Bären. Dann, nach endlos scheinenden Sekunden erklang so etwas wie ein Freudengeheul. Sie sprangen auf und fielen sich in die Arme als hätte man ihnen ihren größten Herzenswunsch erfüllt.

Verblüfft schaute Hanna in die Runde, mit solch einer Reaktion hatte sie nicht gerechnet.

„Hanna, weißt du was das heißt? Nein, kannst du ja nicht wissen. Der zweite Bär! Sein auftauchen bedeutet, wir sind ein großes Stück weiter. Die beiden sind schon eine Macht, eine mächtige Waffe im Kampf. Wenn Herr Kranz das wüsste, würde er doch Gefühle bekommen, das Gefühl der Angst!"

„Oh, das hat er schon, er weiß dass ich beide habe." Dann erzählte Hanna von dem Einbruchversuch und dem Verschwinden des zweiten Mannes.

Auch von Herrn Kranzes anschließenden Zusammenbruch.

Fasziniert schauten sich die anderen an.

„Es ist also wahr! Fantastisch! Wir hörten aus uralten Geschichten von solchen Fähigkeiten, dank dir sind wir einen großen Schritt weiter auf dem Weg zu unserem ersehnten Ziel. Die Bären sind wertvoll, am besten, ich werde sie an mich nehmen und gut aufbewahren."

Herr Stether stand auf und machte einen Schritt auf Hanna und die Bären zu.

Erschrocken blickte Hanna in die Runde, hatte sie den falschen vertraut?

Sie griff nach ihren Bären und drückte ihn an sich. Er wurde heiß. Auch der andere Bär reagierte, kleine Blitze schossen aus ihn heraus.

Herr Stether blieb wie versteinert stehen. Alle starrten auf ihn und auf die Bären. Wenn ich meinen Bär jetzt umdrehen würde, Herr Stether wäre verschwunden, dachte Hanna.

Dieser streckte beschwörend beide Hände von sich. „Sachte, sachte, so war das doch gar nicht gemeint. Ich wollte doch nur, dass die Zwei in Sicherheit sind. Wie ich sehe, können sie selber auf sich aufpassen."

Langsam rückwärtsgehend gelangte er wieder zu seinem Stuhl. Alle, auch Hanna, sahen ihn entsetzt an.

„Dann wissen sie jetzt alle, dass die Bären gut selber auf sich Aufpassen können." Hanna versuchte ihre Panik wegzugrinsen.

Frau Fichte wandte sich an Herrn Stether und sagte: „Das war eine sehr dumme, unüberlegte Aktion, Hanna ist die Auserwählte.

Wenn Sie die alten Schriften richtig studiert hätten, wüssten Sie: Die Bären sind diejenigen die sich ihre Aktionisten selber aussuchen. Ihnen ist hoffentlich bewusst, dass Sie sehr viel Glück hatten."

DIE WAHRHEIT ÜBER HERRN BROS

Nach einer kurzen Schweigeminute sagte Frau Fichte: „So Hanna, kommen wir nun zu dem Grund meiner Einladung, Herrn Bros. Wie du schon bemerkt hast spielt bei uns, also den Leuten aus der Vergangenheit, das Alter eine untergeordnete Rolle.

Durch die Zeitreisen verändert sich unser Energiefeld und unser Alter. Auch, dass wir nicht von dieser Welt kommen ist dabei ausschlaggebend. Je nach Situation arbeiten wir auch mit dem Menschen zusammen.

So war das auch damals mit Herrn Bros. Dieser arbeitete für deinen Großvater, hing aber oft mit Herrn Kranz zusammen. Da wir wussten, dass Herr Kranz die Menschen nur für seine Zwecke gebraucht, ahnten wir, dass der etwas vorhatte. Dass dein Großvater das Ziel war, konnten wir nicht erkennen.

Herr Bros war ein Spieler der all sein Geld für Wetten und Kartenspiele ausgab. Bei einem sogenannten totsicheren Tipp, ermunterte ihn Herr Kranz, mehr zu setzen als er sich leisten konnte. Herr Bros sah sich schon als reicher Mann.

Herr Kranz jedoch manipulierte das Spiel aus dem Hintergrund und Herr Bros verlor alles.

Auch einige unserer Leute spielten mit um die Sache besser beobachten zu können. Ich war auch dabei und habe mich öfters mit Herrn Bros unterhalten. Ich glaube, er mochte mich sehr.

Nach dem verlorenen Spiel fing er an viel Alkohol zu trinken. Sein Arbeitsplatz stand auf der Kippe und wir waren keinen Schritt weiter.

Was Herr Kranz mit dieser Aktion plante, konnte zu diesem Zeitpunkt keiner wissen

Erst viel später erfuhr Herr Bros von der Manipulation, dann versuchte er Herrn Kranz zu erpressen. Dabei kam es zu seiner Verletzung durch einen Schuss, abgefeuert von Herrn Kranz.

Es muss schrecklich sein, wenn man erfährt, dass man nur ein Spielball war und sein ganzes Leben verpfuscht wird, nur weil ein anderer Informationen haben will."

Es klingelte, Frau Fichte hielt inne, „Ich glaube, da kommt unser Gast, ich bin gespannt ob er Neuigkeiten hat die wir noch nicht kennen."

Sie erhob sich um zu öffnen.

Während Hanna ihre Bären wieder einpackte dachte sie, "das, was Frau Fichte mir gerade erzählt hat, kann nur die halbe Wahrheit sein. Das Aufblitzen in Frau Fichtes Augen, diese plötzliche Rot, da steckte noch mehr hinter."

Die Tür öffnete sich und die beiden betraten den Raum, Herr Bros drehte verlegen eine Kappe zwischen seinen Händen.

„Leute, darf ich euch Herrn Bros vorstellen." Sie machte eine Handbewegung. „Und dir darf ich die Anwesenden vorstellen: Hanna kennst du ja schon, dann haben wir hier Frau Copernikus, Herrn Hoch, Herrn Samuel und Herrn Stether.

Vielleicht erinnerst du dich noch, Herr Stether war damals bei dem Kartenspiel einer der Mitspieler. Wir haben uns damals ja auch bei der Gelegenheit kennengelernt."

„Erinnern Sie mich bloß nicht an das Spiel." brummte Herr Bros. „Darüber wollen wir ja auch gar nicht sprechen, wir sind gespannt, wie es Ihnen so ergangen ist und was Sie uns berichten können." Herr Stether zeigte auf einen freien Stuhl.

„Schön Sie wiederzusehen, ich hätte mir ja denken können das Sie früher oder später wieder anfangen ihn zu jagen. Doch das ist eine andere Geschichte, die gehört jetzt nicht hierher. Ihr seid an meinen Beobachtungen interessiert, also, wie fange ich an."

Er überlegte kurz dann legte er los:

„Diese Frau Siebel spielt eine wichtige Rolle, er benutzt sie wie er es braucht. Am Anfang, das weiß ich von Zeitzeugen, brachte er sie dazu sich in ihm zu verlieben. Dann überredete er sie einen Gegenstand, den die Familie über viele Generationen beschützte, zu entwenden und ihm zu bringen.

Die Familie wurde für das Beschützen gut bezahlt und ist so zu einem gewissen Wohlstand gekommen. Seit einiger Zeit waren diese Zahlungen wohl ausgeblieben. Für sie war es daher nicht schwer das Ding einfach mitzunehmen. Keiner der Familie bewachte es mehr. Frau Siebel fragte nicht, was er damit wollte."

Zu Hanna gewandt sprach er weiter: „Er reiste damit in die Zeit deines Großvaters, schmiss das Ding vor dessen Auto und verursachte somit den tödlichen Unfall.

Irgendetwas hielt ihn in dieser Zeit, also holte er Frau Siebel zu sich. Auch da stellte sie keine Fragen, verließ ihre Familie ohne ein Wort, und zog zu ihm. Dann aber war sie viel allein in einer für sie fremden Welt.

Er suchte sich dann wohl eine andere Unterkunft, blieb aber immer mit ihr in Kontakt. Anscheinend schaffte er es hier bei Euch einzubrechen oder einbrechen zu lassen und einige Bücher zu stehlen."

FEHLENDE BÜCHER

„Einige Bücher?" Frau Fichte sah ihn ungläubig an. „Woher weißt du, dass es mehr als ein Buch war?" „Er hat wohl in seinen Kreisen damit angegeben wie leicht es war, diese wichtigen Bücher hier einfach herauszuholen."

Hanna sah wie nervös Frau Fichte wurde, sie dachte an das Buch mit der Formel die Herrn Kranz unsichtbar gemacht hatte. Es befand sich in Frau Siebels Wohnung.

Irgendwie waren die beiden darüber in Streit geraten und nur ihr schnelles Eingreifen hatte damals verhindert. das er in den Besitz dieses Trankes gelangen konnte.

Er hatte damals Frau Siebel niedergeschlagen und war geflohen.

Sie und Anna hatten die Bewusstlose gefunden und die Polizei gerufen. Frau Siebel kam ins Krankenhaus, konnte sich angeblich an nichts erinnern und hat ihn nie verraten.

„Für ihn war mein Verrat an Hannas Großvater ein Erfolg, sein Geld hatte er auch vollständig wieder. Dass Hanna, ein Kind, ihm solche Steine in den Weg legen konnte und seine Pläne immer wieder zunichtemachte, machte ihn so wütend, dass er unvorsichtig wurde.

Die Bäckerei öffentlich zu zerstören, nur weil Hanna gerade dort einkaufen war, so etwas wäre ihm früher nie passiert.

Er hat sich schon viele Gegner vom Hals geschafft, er ließ sie mit falschen Beweisen einsperren, sie vergiften oder brachte sie sonst wie zum Schweigen. Mit dem Attentat auf die Bäckerei hat er zum ersten Mal etwas gemacht, was er anderen nicht in die Schuhe schieben kann."

Nun, seine Beobachtungen waren ja sehr ausführlich, aber etwas richtig Neues gab es nicht. Dass Herr Kranz mit der Bombe Hannas Heimkehr aus der Vergangenheit verhindern wollte, konnte Herr Bros ja nicht wissen.

Das einzig neue, und wie es aussah, interessante, war, der Hinweis auf noch mehr gestohlene Bücher

Frau Fichte erhob sich, gab Herrn Bros die Hand, bedankte sich für seine Hilfe und sagte: „Vielen Dank für deine Ausführungen, die werden uns ein Stück weiter bringen. Wenn dir noch etwas einfällt, oder du Hilfe brauchst, weißt du ja jetzt wo du uns finden kannst."

Mit einer Handbewegung zeigte sie zur Tür. „Ich werde dich noch hinausgeleiten."

Herrn Bros blieb nichts anderes übrig als sich zu verabschieden.

Hanna hörte ihre Stimmen noch aus dem Flur, sie klangen sehr aufgeregt. Es dauerte eine Weile bis Frau Fichte wieder hereinkam.

„So, ich musste noch etwas Privates klären, tut mir leid, dass ihr warten musstet. Der Hinweis auf noch mehr verschwundene Bücher macht mir Sorgen. Es gibt nicht viele die für Herrn Kranz wichtig sein könnten.

Ich habe da schon so einen Verdacht. Hanna, sei mir nicht böse, aber wir müssen der Sache jetzt nachgehen. Im Moment gibt es nichts Wichtigeres."

HERR SNEIDER

Hanna verstand, sie stand auf und verabschiedete sich. Ihr Traum würde wohl erst einmal ihr Geheimnis bleiben. Sie überlegte, was sie wieder mal mit einem angefangenen Nachmittag machen konnte.

Ein Brot sollte sie mitbringen, also gut, zur Bäckerei. Kuchen hatte sie auch noch keinen gegessen. Das hole ich jetzt nach, beschloss sie. Wenn ich einen Platz finde gönne ich mir ein großes Stück Erdbeertorte.

Die Bäckerei war wie in alten Zeiten gut besucht. Hanna musste durch den Verkaufsraum um in das Cafe zu gelangen. Sebastian stand auch in der Schlange um etwas zu kaufen.

Sie begrüßten sich und Hanna erzählte, dass sie versuchen werde einen freien Platz zu ergattern. Er schaute auf seine Uhr und sagte: „Etwas Zeit hätte ich noch, sollen wir zusammen suchen?"

Hanna bemerkte dass sie Rot wurde. Wie peinlich. Sie schwärmte ja schon lange heimlich von Sebastian, sie erinnerte sich noch gut daran wie Anna sie damit aufzog. Nickend sagte sie: „Eine tolle Idee, warum nicht?"

Gemeinsam gingen sie in den Nebenraum, und hatten Glück, ein älteres Paar stand gerade auf und verließ den Raum. Ganz Kavalier hielt Sebastian Hanna den Stuhl und rückte ihn für sie zurecht. Dann setzte auch er sich.

Verstohlen schaute Hanna sich um, doch es war kein Bekanntes Gesicht in ihrer Nähe.

Sie bestellten zweimal Erdbeerkuchen und Kakao, Sebastian flirtete etwas mit der Bedienung und bat um besonders viel Sahne für beide.

Der Kuchen war köstlich, und die Sahne reichlich. Zufrieden lehnte Hanna sich zurück.

So schön und so friedlich konnte es auf der Welt sein. Frau Fichte, Herr Kranz und die Bücher waren für diesen Nachmittag vergessen.

Sebastian sah wieder auf seine Uhr. „Es tut mir leid, aber jetzt muss ich los, mein Vater ist immer superpünktlich. Wir erwarten noch Besuch und eigentlich wolle ich ja nur Kuchen für zu Hause kaufen. Gut das ich noch Zeit hatte, in deiner Gesellschaft hat der Kuchen noch einmal so gut geschmeckt. Das sollten wir mal wiederholen."

Was für ein Schmeichler, dachte Hanna, aber das was er sagte klang so nett, es tat einfach gut. Sie nickte. „Ich muss auch noch ein Brot kaufen, ja, eine Wiederholung wäre nett." Sich so unterhaltend gingen sie in den Verkaufsraum. Hier war gerade nichts los und sie wurden sofort bedient.

„Also dann, Tschüss bis morgen." „Ja, bis morgen, komm gut heim."

Sebastian bog um die Ecke und Hanna ging langsam Heim. Es ist schön, ohne sich einen Kopf um Bösewichte machen zu müssen, einen Nachmittag zu verbringen, dachte sie noch als sich schon die nächste Überraschung ankündigte.

Herr Sneider stand, wie aus dem Nichts gekommen, plötzlich vor ihr. Das war es dann wohl mit dem schönen Nachmittag. Es hatte sie schon gewundert dass er nicht mit den anderen Auserwählten auf Herrn Bros gewartet hatte,

„Hallo Hanna, wir haben uns ja schon länger nicht mehr gesehen. Ich hörte was du durchgemacht hast, und wollte mich selber davon überzeugen dass es dir gut geht." Er machte noch einen Schritt auf sie zu.

Hanna wich zurück. Sie spürte, ihr Bär im Beutel wurde heiß.

War Herr Sneider wirklich ein Auserwählter? Er passte so gar nicht zu den anderen.

„Ja, danke für die Nachfrage, es geht mir gut."

„Warum hast du mir nicht gesagt dass das Sternenkind nicht mehr in der Schachtel war? Du hättest mir viel Zeit erspart. Tagelang habe ich versucht mit ihr Kontakt aufzunehmen. Du kannst dir nicht vorstellen wie groß meine Sorge war, es nicht retten zu können.

Nun weiß ich dass es ihr gut geht und das sie Luisa heißt. Was du da geleistet hast versöhnt mich, trotz deines Schweigens. Ich möchte, das du weißt: du kannst mir immer vertrauen. Meine Aufgabe ist es den Frieden zu bewahren, die Gleichgewichte müssen erhalten bleiben."

Die Gleichgewichte?

Hanna verstand nicht.

„Ich fürchte, die Auserwählten sind in die Jahre gekommen, zu lange haben sie sich nur auf das beobachten der Situation beschränkt. Erst als sie bemerkten das ein wichtiges Buch fehlte wurden sie wieder etwas aktiv."

„Oh, das Buch, ja, eben wurde bekannt, das wohl noch mehr Bücher verschwunden sind."

„Was? Oh nein, wie konnten sie…" Herr Sneider griff in seinem Bart als ob er ihn kämmen wollte. „Ich muss sofort wissen was da los ist. Endschuldige Hanna, bis später."

Er machte auf dem Absatz kehrt und war nicht mehr zu sehen.

Hanna war baff, sie hatte keine Ahnung welche Bücher so wichtig sein können das alle in höchster Aufregung danach suchen. In dem Gebäude schwirrten doch überall dienstbare Geister herum, diese müssten Herrn Kranz oder einen anderen Eindringling doch als Erste bemerken wenn sie es betreten hätten.

Nun war sie gespannt wie diese Geschichte wohl ausging, wahrscheinlich würde sie nie erfahren um welche Bücher es sich handelte, dabei ging es bestimmt nicht um Kochbücher für Krötensuppe.

Bei diesen Gedanken musste sie doch lächeln, sie dachte an ihren ersten Besuch bei Frau Fichte. Damals war Anna noch dabei.

FEUER IM GEFÄNGNIS

„Das war aber ein langer Besuch." Mama begrüßte sie knurrig. „Ich dachte schon, dir wäre etwas passiert, hast du wenigsten das Brot mitgebracht?"

Wortlos zog Hanna das Brot aus dem Beutel und legte es auf dem Tisch. Sie war jetzt nicht in der Stimmung auf Mutters Launen einzugehen.

„Ich gehe dann mal hoch." Sie drehte sich um und ging in ihr Zimmer. Ihre Gedanken waren wieder bei den Büchern, alle sind in Panik geraten, alleine bei den Gedanken diese könnten gestohlen worden sein. Sie mussten sehr wertvoll sein.

Mutter rief zum Abendbrot, erschrocken blickte sie auf ihre Uhr, war sie wirklich so lange unterwegs gewesen?

„Da scheint etwas ganz und gar nicht in Ordnung zu sein, ich habe die Order bekommen mich in der Zentrale zu melden, dort war ich schon seit Ewigkeiten nicht mehr. Du weißt Bescheid, ich bin dann mal weg."

Ihr persönlicher dienstbarer Geist meldete sich ab. Hanna nickte nur, er war ihr im Moment keine Hilfe. So wie es aussah wusste er wohl auch nichts.

„Entschuldige, ich traf Sebastian als ich das Brot kaufte, wir haben dann noch zusammen Kuchen gegessen. Du hast recht, es ist spät geworden."

Mutter nickte versöhnlich.

„Sebastian, so, so", sagte sie lächelnd. Dann wurde sie wieder ernst. „Sein Vater macht wohl rasant Karriere. Er wurde befördert und hat nun ein Büro neben dem von Vater.

Der wiederum ist gar nicht so erfreut darüber, erst gestern sagte er: - mit dem stimmt etwas nicht, mein erster Eindruck war wohl doch richtig. Ich weiß noch nicht was, aber ich komme noch dahinter - .Er glaubt, seine Freundlichkeit sei nur gespielt. Aber, ist es nicht verständlich wenn ein Mensch weiter kommen will?"

Hanna schaute Mutter an. Es war schon seltsam wie sehr sich Herr Hörster für die Vergangenheit interessierte. Sie dachte an Frau Fichte und ihre Bemerkung dass Herr Hörster einige Räume in ihrem Amt nie zu sehen bekommen würde.

Er hätte zum Beispiel die Möglichkeit alte Bücher an sich zu nehmen. Ob er Herrn Kranz kannte? Ich schweife ab, mahnte Hanna sich selber. Was würde Sebastian sagen, wenn er wüsste, was sie über seinem Vater denkt.

Etwas später kam Papa nach Hause, er sah abgekämpft aus. „Endschuldigt die Verspätung, bei uns läuft nichts mehr richtig. Irgendwie ist der Wurm drin, alle Versuche die Fehler zu finden führen ins Leere. Es ist wie verhext."

„Frag doch mal Herrn Hörster, der kennt sich doch mit Hexen aus."

Hannas Witz kam nicht gut an, Papa schaute nur grimmig. „Ich glaube eher, er ist die Ursache, seit er nebenan arbeitet läuft nichts mehr rund. Aber nun ist Feierabend, was gibt es zu essen?"

Er rieb sich die Hände. „ Wie war denn euer Tag?"

„Oh", sagte Mutter bedeutungsvoll, „Hanna war mit Sebastian im Kaffee." „So, so", sagte Vater nur während er sich ein Brot zurechtmachte, anscheinend war das für ihn nicht so wichtig wie für Mutter.

„Ich gehe baden", Hanna stand auf, sie freute sich nach diesen Tag auf ein warmes Schaumbad und ihr weiches Bett.

Sie hätte bestimmt nicht so gut geschlafen wenn sie geahnt hätte was in dieser Nacht noch geschah.

Feuer! Schlimme Bilder flimmerten über den Bildschirm als sie nach der Schule den Fernseher anmachte. Der Bericht ließ schlimmes ahnen. In einem Gefängnis hatten Häftlinge wohl

Matratzen angezündet. Das Feuer hatte sich rasend schnell ausgebreitet.

Die Rettungskräfte arbeiteten bis an ihre Grenzen. Es war schon von den ersten Toten die Rede. Die Lage war unübersichtlich.

„Genau wie damals", - ihr persönlicher dienstbarer Geist war wieder da.-. „Nur, damals war es ja ein Absturz und in dem folgenden Wirrwarr entkam Herr Kranz und einige andere Gefangene. Weißt du, das er genau in diesem Gefängnis auf seinen Prozess wartet?"

„Nein, das wusste ich nicht, kann es sein, das er hinter dem Brand steckt?"

„Möglich ist das schon, und selbst wenn nicht, er wir alles tun, um seinen Nutzen daraus zu ziehen."

Hanna fühlte sich schlecht, sollte jetzt alles wieder von vorne beginnen?

Sie mahnte sich zur Ruhe, noch war ja nichts geklärt. Vielleicht gelang es ihm ja gar nicht zu fliehen.

Zwei Tage später war dann klar, Zehn Häftlinge waren entkommen, es gab drei Tote und fünfzehn Verletzte. Es hatte wohl an mehreren Stellen gleichzeitig zu brennen angefangen.

„Eine Revolte", nannte es der Sprecher. Da keine Namen veröffentlicht wurden war nicht klar, was mit Herrn Kranz passiert war.

DER AUSBRUCH DES HERRN KRANZ

Sie versuchte sich mit Frau Fichte in Verbindung zu setzen, vergeblich, sie ging nicht ans Telefon, der Klingelknopf war auch wieder unsichtbar.

Hanna blieb nichts anderes übrig, sie bat ihren Vater noch einmal bei der Polizei nachzufragen was sie über Herrn Kranz in Erfahrung bringen konnten.

In den Medien war die Rede von einem Häftling, der sich selber gestellt hatte, von den anderen fehlte jede Spur.

Die Antwort der Polizei brachte auch keine Klarheit, man müsse abwarten, wer die Toten sind, die Identifizierung war wohl schwer, das Feuer hatte ganze Arbeit geleistet.

Der Mann, der sich selber gestellt hatte, konnte, oder wollte keine Auskunft über den Verbleib der anderen machen. Er hatte sich alleine durchgeschlagen, dann aber überlegt, dass er einigen Wochen sowieso frei käme.

Da nichts Außergewöhnliches geschah, beruhigte sich Hanna allmählich. Wir werden wohl die letzten sein an die Herr Kranz in seiner Situation denkt.

Ich werde einmal Frau Siebel besuchen, vielleicht weiß sie ja etwas und verrät es mir. Susy kennt mich bestimmt nicht mehr, ich habe mich ja jetzt länger nicht mehr bei ihr blicken lassen.

Nach dem Mittagessen fragte sie Mutter ob es okay wäre, wenn sie Susy zum spazieren gehen abholen würde. Mutter war froh dass Hanna wieder hinaus wollte, sie fand, ihr Mädchen hatte sich in den letzten Tagen regelrecht in der Wohnung verkrochen.

Gut, also machte Hanna sich auf den Weg. Sebastian lief ihr an der ersten Ecke direkt in die Arme. „Hallo, schöne Frau, wo wollen sie denn hin?" Hä, wie redete der denn? Hanna sah ihn erstaunt an.

„Sollte ein Scherz sein, ich habe meinen Vater nachgemacht, der tut sich im Moment einen Drang an, so aufgekratzt habe ich ihn noch nie erlebt. Auch meine Mutter ist erstaunt, - nicht wiederzuerkennen,- sagte sie, als ob er auf Gold gestoßen wäre. —

„Vielleicht freut er sich ja über seine Beförderung", mutmaßte Hanna.

„Ja, vielleicht, vielleicht auch nicht." Was sollte das denn nun wieder heißen? Aber mehr sagte Sebastian nicht dazu.

FRAU SIEBELS VERSCHWINDEN

Hanna hatte sich einen dicken Schal und Handschuhe angezogen, bald war Weihnachten, insgeheim wünschte sie sich einen Hund.

„Ich wollte gerade den Hund von Frau Siebel abholen, kannst du dich erinnern? Wir waren schon einmal zusammen mit Anna und den Hunden im Park."

„Ja, das weiß ich noch, kann ich mittkommen?" „Natürlich, ich hoffe nur, dass sie da ist." Gemeinsam machten sie sich auf den Weg.

Sie klingelte und es wurde auch sofort aufgedrückt und so konnten sie direkt zu Frau Siebels Wohnung gehen. Susy kam ihnen schon im Treppenhaus entgegen, sie führte sich wie eine Wilde auf.

Immer wieder sprang sie an den beiden hoch. Bis Hanna ganz energisch „Aus!" rief. Sie wären sonst nicht weitergekommen. So schafften sie es bis an die Wohnungstür, diese stand offen!

Hanna bekam einen Schreck, sie dachte sofort an den Tag an dem sie, zusammen mit Anna, Frau Siebel blutend hinter ihrer Wohnungstür fand. Ganz vorsichtig machte sie die Tür ganz auf, der Flur war leer.

Aus dem Wohnzimmer hörte man eine Männerstimme und Hanna war froh, dass Sebastian bei ihr war.

„Frau Siebel?!" rief sie laut, keine Reaktion. Vorsichtig öffneten sie die Wohnzimmertür. Die Stimme, die sie gehört hatten, kam aus dem Radio. Der Radiosprecher berichtete gerade, dass ein weiterer geflohener Häftling in der Nähe von Alsstadt aufgegriffen wurde. Die beiden sahen sich an, das war ja interessant.

Doch wo war Frau Siebel? Hanna suchte die ganze Wohnung ab, sie fand keinen Hinweis auf deren Verbleib. „Wir müssen die Polizei benachrichtigen, hier stimmt etwas nicht, " Sebastian war ganz aufgeregt.

Susy hatte sich beruhigt, sie wich nicht mehr von Hannas Seite. „Ruf du die Polizei, ich werde dann meinen Vater informieren."

Er wusste gar nicht, warum er so aufgeregt war, es musste doch gar nichts passiert sein.

Allerdings konnten sich beide nicht vorstellen, dass Frau Siebel ihre Wohnungstür offen, das Radio anlassen, und vor allen Susy hier alleine lassen würde.

Die Polizei war schnell vor Ort, auch sie suchten die ganze Wohnung ab konnten aber, wie Hanna zuvor, keinen Hinweis finden. „Da können wir im Moment nichts machen", sagte einer der Polizisten. „Vielleicht ist sie ja nur Hinausgegangen und hat vergessen die Wohnungstür zu schließen."

Hanna nickte, so konnte es gewesen sein. Sie sah Sebastian an und fragte den Polizisten ob sie Susy mitnehmen durfte, sie würde eine Notiz schreiben damit Frau Siebel, sollte sie zurückkommen, wusste, wo der Hund war.

„Ja, das geht so in Ordnung, beeile dich aber, wir werden dann hier alles verriegeln." Hanna schrieb die Mitteilung, nahm Susys Leine und alle verließen die Wohnung.

„Lass uns eine große Runde drehen und dann nach Hause, für einen Spaziergang durch den Park fehlt mir die Ruhe, außerdem muss ich ja mit meinen Eltern abklären, ob Susy bei uns bleiben darf bis Frau Siebel wieder auftaucht."

Sebastian nickte.

Natürlich hatten die Eltern nichts dagegen, sie wollten wissen, ob nach Frau Siebel gesucht würde. Hanna konnte diese Frage nicht beantworten. Vater wollte sich am anderen Tag darum kümmern.

Susy fühlte sich bei ihnen wie zu Hause, als ob sie schon immer hier gewesen wäre, dachte Hanna.

Frau Siebel meldete sich auch am nächsten Tag nicht und Vater erstatte eine Vermisstenanzeige. Wo sollte die Suche nach ihr wohl beginnen? Die Tage vergingen, von Frau Siebel keine Spur.

„Du kannst den Hund behalten, sie wird nicht wiederkommen." Ihr dienstbarer Geist meldete sich wieder einmal. „Woher weißt du das?" Hanna war so erstaunt, dass sie diese Frage laut aussprach.

„Sie ist zurück nach Hause gegangen, ihr wurde es hier zu gefährlich. Wir hätten es nicht bemerkt wenn sie nicht versucht hätte ein Buch mitzunehmen. Es war das Buch, das sie versteckt hatte und das wir mit einem Bann belegt hatten. Erinnerst du dich?

Darin war auch die Formel die Herrn Kranz für einige Zeit unsichtbar gemacht hatte. Von unserem Bann hat sie ja keine Ahnung.

Der Wächter der Zeit, der, wie du ja weißt, keinem erlaubt, Dinge von einer Zeit in eine andere mitzunehmen, hat sie erwischt.

Sie durfte Reisen, nachdem sie das Buch abgegeben hatte. Somit ist ein Buch wieder in Sicherheit."

Das waren ja Neuigkeiten. Susy würde nun für immer bei ihr bleiben. Dieser Gedanke gefiel ihr.

SUCHE NACH DEN FEHLENDEN BÜCHERN

„Wissen die Auserwählten denn jetzt ob noch andere Bücher fehlen?" Auch diese Frage stellte Hanna laut. Sie bekam keine Antwort

Dass sie Frau Siebel gar nicht finden konnten musste Hanna für sich behalten. Nach einiger Zeit stellte die Polizei die Suche nach ihr ein. Sie war nun eine von vielen unaufgeklärten Vermissten fällen, und Hanna hatte nun ganz offiziell einen Hund.

Endlich, nach endlos scheinender Zeit, meldete sich Frau Fichte. Hanna hatte einige Male versucht, sich mit ihr in Verbindung zu setzten, vergeblich. Ihren Vater wollte sie nicht um Hilfe bitten, der war noch immer damit beschäftigt in seiner Abteilung die Fehlerquelle zu finden.

Auch hätte sie keinen Grund nennen können warum sie sich mit ihr in Verbindung setzen wollte.

Als das Telefon klingelte wusste sie sofort, Frau Fichte rief an.

„Hanna, Liebes, ich hoffe, es geht dir gut. Es tut mir leid, aber ich konnte mich nicht melden, ich war gar nicht hier. Als Frau Siebel diese Zeit verließ, versuchte sie ja das Buch mitzunehmen das wir bei ihr gelassen hatten. Wir wissen nun, dass noch zwei Bücher gestohlen wurden.

Der Dieb ist sehr raffiniert vorgegangen, er hat andere Bücher in die Buchschutzhüllen gesteckt. Wenn wir nicht alle Bücher die infrage kamen einzeln durchgeblättert hätten, es wäre uns noch länger nicht aufgefallen."

Hanna hörte ihre Empörung und teilte diese, darauf musste man erst einmal kommen.

„Wir müssen diese Bücher unbedingt wiederfinden, es sind sehr wichtige. Das Eine ist eine Leihgabe um die sich Herr Sneider eigentlich kümmern sollte. Er ist erst vor einiger Zeit zu uns gekommen.

Er kommt direkt aus unserer obersten Zentrale, mit der Hauptaufgabe, dieses Buch zu übersetzen. Ich fürchte, es wird noch einigen Ärger geben." Frau Fichte holte tief Luft.

Hanna dachte an Leuchto, wie lange hatte der gebraucht um ihre Schriftrollen zu entziffern. „Woher kam dieses wichtige Buch und warum hatte Herr Sneider es nicht in seine Obhut genommen, wenn es doch seine Hauptaufgabe war sich darum zu kümmern?"

„Nun ja, das ist unser Problem, hast du etwas über Herrn Kranz erfahren?"

Hanna bemerkte, dass Frau Fichte ablenken wollte, sie wollte wohl nichts über den Inhalt der verschwundenen Bücher preisgeben.

„Nein, die Polizei weiß anscheinend auch noch nichts genaues, ich glaube auch nicht, dass, wenn es ihm gelungen ist auszubrechen, er ausgerechnet hierher kommt."

„Doch Hanna, damit müssen wir rechnen. Wenn er etwas mit dem Verschwinden der Bücher zu tun hat, wird er alles riskieren um in den Besitz dieser Bücher zu kommen.

Der Inhalt, zumindest eins dieser Bücher, wäre für ihn sehr wichtig um allen seinen Verfolgern für immer zu entkommen."

Hanna hatte aufmerksam zugehört, ein flaues Gefühl machte sich wieder in ihrer Magengegend breit. Sie musste also damit rechnen, Herrn Kranz wieder zu begegnen. „Ich danke Ihnen für die Warnung, ich werde vorsichtig sein.

Er wird diese Bücher ja nicht bei mir suchen. Es ist schade, dass Sie keine Ahnung haben wer diese Bücher entwendet hat. Das muss ja schon länger zurückliegen, Herr Kranz hat ja wohl schon vor langer Zeit damit angegeben.

Herr Hörster kommt somit eigentlich nicht in Frage, er ist ja noch nicht so lange hier. Trotzdem, er benimmt sich in letzter

Zeit sehr seltsam, selbst seinem Sohn ist dieses Benehmen nicht geheuer."

„So, so, es kann nichts schaden einmal zu untersuchen, was dieses Benehmen ausgelöst hat. Wir suchen nach einer Nadel im Heuhaufen."

Nachdenklich legte Hanna auf. Sollte Herr Hörster etwas damit zu tun haben? Während sie noch darüber grübelte schellte es, vor der Tür stand – Herr Hörster - „Nabend Hanna, ist dein Vater da?"

Hanna schüttelte den Kopf.

HERR HÖRSTER UND SUSY

In diesem Moment kam Susy angelaufen, laut jaulend vor Freude sprang sie an ihm hoch, drehte sich um sich selber und sprang wieder hoch. Dann setzte sie sich vor ihm und wedelte erwartungsvoll mit dem Schwanz.

Was war denn das? Verblüfft sah Hanna die beiden an. Woher kannte Susy Herrn Hörster?

„Susy, du hier, manchmal ist die Welt doch klein. Ich hörte, dass die alte Dame vermisst wird." Er kratzte sich am Kopf, es sah so aus, als überlegte er, was er jetzt noch sagen könnte. Dann fuhr er fort:

„Wir haben uns beim Einkaufen kennengelernt und sind ins Gespräch gekommen, da meine Frau auch gerne einen Hund möchte. Schön, dass ihr euch kümmert solang sie nicht gefunden ist. Oh, wenn ich auf die Uhr schaue, ich muss los. Das was ich mit deinem Vater besprechen wollte, kann auch bis morgen im Büro warten."

Er drehte sich um und ging schnellen Schrittes davon. Susy heulte ihm nach. Ja das war doch mal was, Hanna kraulte ihr nachdenklich den Kopf.

Sie nahm ihm die Geschichte nicht ab, so, wie der Hund sich gerade benommen hatte ließ darauf schließen, das er Herrn Hörster besser kannte als nur von einem Plausch beim Einkaufen, sie mussten sich viel besser kennen.

Vielleicht war Frau Fichtes Idee, Herrn Hörster einmal unter die Lupe zu nehmen, gar nicht mal so schlecht. In Gedanken versunken ging Hanna hinein.

ANNAS NEUIGKEIT

Wieder klingelte das Telefon. Sie nahm den Hörer ab und hörte direkt Annas aufgeregte Stimme. „Hallo Hanna, kannst Du mich gut hören?"

„Ja, die Verbindung ist sehr gut." „Ich rufe nämlich aus einem Auto heraus an, wundere dich nicht, wenn ich auf einmal weg bin. Stell dir vor, wir sind auf dem Weg zum Flughafen.

Mein Onkel muss in Deutschland wichtige Gespräche führen. Ich komme mit. Dann mache ich zwei Wochen Urlaub vom Urlaub, bei euch. Ich freue mich schon so sehr alle wiederzusehen. Meine Eltern sind schon ganz aufgeregt."

Hanna konnte vor Staunen nicht antworten. Eine Welle der Freude überrollte sie. Damit hatte sie nicht gerechnet. Anna kam!

„Hanna, Hanna hast du mich verstanden?"

„Ja, klar und deutlich. Ich kann dir gar nicht sagen, wie sehr ich mich freue. Endlich einmal eine supergute Nachricht. Hier läuft gerade viel durcheinander, da ist es doppelt, nein, dreifach gut so eine tolle Nachricht zu bekommen Wann landet ihr, und wo?"

„Nun, das wird noch etwas dauern, wir sind ja noch auf dem Weg zum Flughafen. Meine Mutter hat die genauen Zeiten. Ich melde mich, sobald ich kann wieder, muss jetzt Schluss machen. Wir sehen uns ja bald."

Ohne eine Antwort abzuwarten legte Anna auf.

Wenn das mal keine Neuigkeit war. Schade das Mutter nicht da ist. Hanna musste diese Neuigkeit mit jemand teilen. Sie rief Susy, leinte sie an und drehte mit ihr eine Runde, in der Hoffnung, vielleicht Sebastian zu begegnen. Sie traf aber niemand. Der Spaziergang tat trotzdem gut. Ihr Kopf wurde frei.

Wenn Anna nur zwei Wochen hier blieb, würden ihre Eltern sie sicherlich voll in Beschlag nehmen. Das war ja auch zu verstehen. Ihnen blieben dann wohl nur wenige Stunden. Hanna würde diese besonders genießen.

Als ihre Mutter nach Hause kam war auch sie aufgeregt. Sie hatte Annas Mutter getroffen. „Ich glaubte schon, sie würde mir in die Arme fallen, sie lachte und weinte auf einmal. So aufgelöst habe ich noch keinen Menschen gesehen. Es kam ja auch für sie ganz überraschend."

„Ist ja auch eine tolle Sache, ich freue mich auch." Mutter schaute sie lange an, dann sagte sie: „Versprich dir nicht zu viel, wahrscheinlich wird Anna nicht sehr viel Zeit für dich haben." „Ich weiß, Eltern können ganz schön einnehmend sein." Dabei grinste sie ihre Mutter an.

„Na na, du!" Mutter gab ihr lachend einen Klaps. „So, nun muss ich mich ums Essen kümmern, sonst müsst ihr nachher hungern." Mit diesen Worten verschwand sie in der Küche.

Nachdenklich ging Hanna in ihr Zimmer, sie war gespannt, wann Anna sich wieder melden würde. Der Rest des Tages verlief Ereignislos.

Am nächsten Tag war Anna das Gesprächsthema in der Schule. Ihre Mutter hatte wohl allen Leuten die sie kannte Bescheid gegeben. Alle Kinder in der

Klasse waren gespannt, ob Anna sie einmal besuchen würde.

Den Heimweg ging Hanna jetzt immer zusammen mit Sebastian. An der letzten Kreuzung trennten sich dann ihre Wege.

„Übrigens, Besuch." Fing Hanna ein Gespräch an. „Dein Vater war gestern bei uns, er wollte meinem Vater sprechen. Der war nicht da, dafür hat Susy aber einen Tanz gemacht als sie deinen Vater sah. Sie hat sich sehr gefreut, kennt ihn also gut.

Dein Vater erzählte mir, er habe Frau Siebel beim Einkaufen kennengelernt und sich mit ihr über Hunde unterhalten da deine Mutter auch unbedingt einen will."

Sebastian blieb stehen: „Meine Mutter will auf gar keinen Fall einen Hund. Sie ist gegen das Fell allergisch. Hundehaare sind für sie gefährlich."

„Ich dachte mir schon, dass das nicht der Grund des Kennenlernens war. Susy reagierte so wie sie das nur bei ganz guten Bekannten tut."

„Kann ich mir gar nicht vorstellen, was sollte meinen Vater mit Frau Siebel verbinden, sie ist doch keine Hexe oder so etwas." Hilflos zog Sebastian die Schultern hoch.

SEBASTIANS BEOBACHTUNGEN

„Seit er die Stelle hier angenommen hat, benimmt er sich seltsam. Weißt du, er ist gar nicht mein richtiger Vater. Er und meine Mutter lernten sich vor einigen Jahren kennen.

Er war immer lustig, aufmerksam und nett, auch zu mir. Meine Mutter hatte es damals sehr schwer. Als sie heirateten ging es uns viel besser. Nur, in letzter Zeit hat er sich verändert. Er führt oft Selbstgespräche, ich habe das Gefühl, er hat ein Geheimnis."

Selbstgespräche? Hanna wurde hellhörig. Was wenn er mit Menschen aus der Vergangenheit sprach. Sebastian konnte diese nicht sehen, sie konnte es aber mit der Hilfe ihres Bären. Es musste für ihn so aussehen als würde er mit sich selber reden.

„Seit wann hat sich dein Vater so verändert?"

„Er war ganz scharf darauf hier diese Stelle zu bekommen, dann, als es geklappt hatte war er ruhig und ausgeglichen. Er kaufte das Haus und damit ging die Veränderung los.

Er wurde unruhig, nichts ging ihn mehr schnell genug. Das mit dem Selbstgesprächen macht er, na, so ungefähr seit Frau Siebel verschwand.

Erinnerst du dich? Ich rief ihn an, weil wir nicht wussten was wir tun sollten. Er ist wohl auch zu der Wohnung gekommen, wir waren allerdings schon weg. Ich nehme an, er ist dann auch wieder gefahren, die Polizei hatte die Wohnung ja abgesperrt."

Bei Hanna schellten alle Alarmglocken! Was, wenn Frau Siebel die verschwundenen Bücher in der Wohnung hatte? Dort hineinzukommen dürfte wohl nicht schwer gewesen sein. Mit wem aus der Vergangenheit konnte er Kontakt haben?

Und wieso konnte er diese Leute sehen? Herr Kranz! Nur der konnte dahinterstecken. Vielleicht hatte Herr Hörster sich ja doch die Bücher aneignen können und diese dann bei Frau Siebel hinterlegt. Dann war er wohl öfter bei ihr und hat so Susy kennengelernt.

Aber, was hat er mit Herrn Kranz zu tun? Und, wo sind die Bücher jetzt? Es scheint ja alles bei ihm wieder gut zu laufen. Sebastian erzählte, es sei in letzter Zeit aufgedreht und fröhlich.

„Was denkst du?" Die Frage riss sie aus ihren Gedanken. Wie weit konnte sie ihn einweihen? Es waren ja bis jetzt nur Vermutungen. Hanna blieb stehen.

„Ich weiß, dass dein Vater ganz vernarrt in die Vergangenheit ist. Er arbeitet mit einem Amt zusammen, in dem alte Dokumente und Bücher aufbewahrt werden. Hast du solche alten Sachen schon einmal bei euch gesehen?"

„Nein, ich habe aber auch noch nie darauf geachtet, warum?"

„Ich habe gehört, dass mindestens zwei Bücher verschwunden sind, dein Vater ist einer der wenigen, die Zugang dazu haben."

Sebastians Augen blitzten auf, in ihm erwachte der Detektiv.

„Wenn es wichtig ist, kann ich mich ja einmal umschauen." „Dann mach es aber unauffällig, dahinter stecken Leute die gefährlich werden können."

Ungläubig schaute Sebastian sie an. Hanna schlug sich auf dem Mund, sie hatte zu viel gesagt.

Plötzlich fing er an zu lachen. „Jetzt hast du mich aber ganz schön reingelegt, beinahe hätte ich dir geglaubt. Der war gut." Hanna holte tief Luft.

„Wenn du dich umschaust, mache es wirklich unauffällig, die Bücher wurden gestohlen und kein Dieb wird gerne erwischt. Ich möchte nicht, das du mit deinem Vater Ärger bekommst."

„Ja, schon klar, ich werde vorsichtig sein."

Langsam gingen sie weiter, dann kamen sie an die Kreuzung, winkten sich zum Abschied zu und gingen wortlos.

Hanna spann den Faden weiter, alles passte. Sogar Frau Siebels Flucht bekam einen Sinn. Wenn die Bücher wirklich bei ihr lagerten, dann doch wohl für Herrn Kranz.

Wie passte Herr Hörster da hinein? Sie beschloss, Frau Fichte ihre Überlegungen mitzuteilen. Wenn das so weitergeht, kommt Anna gerade zur rechten Zeit ein neues Abenteuer hautnah mitzuerleben.

„Nein. Deine Überlegungen sind falsch! Wenn die Bücher bei Frau Siebel gewesen wären, wir hätten sie mit Sicherheit entdeckt. Seit du uns Zugang zu ihrer

Wohnung ermöglicht hast stand sie unter ständiger Beobachtung."

Ihr persönlicher dienstbarer Geist klang sehr besorgt.

„Schade, es hätte so gut gepasst." Blieb eigentlich nur noch Herr Hörster, das kam aber Zeitlich nicht hin. Hanna war froh, dass sie dieses Problem nicht lösen musste

HANNAS REISE IN DIE VERGANGENHEIT.

„Du kommst aber spät." Vorwurfsvoll schaute Mutter auf die Küchenuhr. Ich habe gleich einen Friseurtermin. Susy ist sehr unruhig und dein Vater muss wieder auf Geschäftsreise. Das heißt, ich muss mal wieder seinen Koffer packen."

Ach ja, der Friseur. Hanna hatte vergessen das Mutter ja fort wollte. „Tut mir leid, ich habe mich noch mit Sebastian unterhalten und dabei die Zeit vergessen." „So, so, Sebastian." Mutter grinste.

Was dachte sie bloß? Und Papa musste schon wieder los, dann würde er Anna vielleicht gar nicht sehen. Bei dem Gedanken an ihre Freundin stieg bei ihr Freude auf. „Hat Annas Mutter sich gemeldet und gesagt wann sie genau kommt?"

Mutter war schon im Mantel. „Nein, hier hat sich niemand gemeldet, sie machen es spannend. So, ich bin jetzt erst mal weg, kümmere dich um Susy."

Die Tür schloss sich hinter Mutter. Schade, eigentlich hatte sie gehofft, Anna wäre schon zu Hause.

„Jetzt muss ich erst einmal etwas essen." Auf dem Herd stand ein Topf mit heißer Suppe. Sie nahm sich einen Teller, machte diesen bis zum Rand voll und aß einige Löffel davon.

Die Ruhe hielt nicht lange, Susy hatte wohl geschlafen, war aber nun aufgewacht sie begrüßte Hanna so stürmisch, als hätten sie sich jahrelang nicht gesehen.

„Ist ja gut, wenn ich gegessen habe, gehen wir spazieren, gedulde dich noch etwas." Als ob Susy jedes Wort verstanden hätte, verschwand sie wieder in ihrem Körbchen.

Hanna hatte plötzlich eine Idee, wie wäre es, wenn sie in die Vergangenheit reisen würde um mit Frau Siebel zu sprechen? Jetzt, wo diese in Sicherheit war, würde sie ihr vielleicht einige Fragen beantworten.

Diese Idee gefiel ihr so gut, dass sie den Teller zur Seite schob und nach Susy rief.

Sie nahm ihren Bären und ging in den Garten. Auf der Treppe dachte sie: „Würdest Du mir helfen in die richtige Zeit zu kommen?" Sie wartete die Antwort ihres persönlichen dienstbaren Geistes mit Spannung ab.

„Na klar, das habe ich doch schon immer getan. Immer wenn es wichtig war. Erinnerst du dich? Du kamst gerade rechtzeitig um zu sehen wie dein Opa seine Papiere einmauerte.

Warst zur Stelle als er verunglückte und konntest das Gespräch anhören das dir verriet, woher Frau Siebel kam und warum? Immer war ich es der dich genau in die Zeiten brachtest die du brauchtest."

Hanna war platt, so hatte sie ihre Reisen noch gar nicht betrachtet. Jetzt, wo sie das erfuhr, war es logisch.

Klar, so viele Zufälle, immer zur richtigen Zeit am richtigen Ort in der Vergangenheit zu sein, so viele Zufälle gab es gar nicht. Bisher hatte sie keinen einzigen Gedanken daran verschwendet.

„Ich danke dir", hauchte sie, mehr konnte sie im Moment nicht sagen. „Kein Ding, das machen dienstbare Geister so, das ist auch unsere Aufgabe. Jetzt komm." Hanna nickte nur.

Sie schloss die Gartentür auf und Susy rannte laut bellend in den Garten. Sie rannte hin und her, dann wälzte sie sich auf dem Rasen. Nachdem sie sich ausgetobt hatte, lief sie zu den Bäumen und Büschen.

Hanna ging schnurstaks zur alten Eiche. Der Baum hatte sich prächtig erholt. Dort, wo der Blitz eingeschlagen war, fehlte ein dicker Ast, ansonsten konnte man von dem Feuerschaden nichts mehr sehen.

Sie nahm ihren Bären und hielt ihn Richtung Stamm. Langsam wurde die Baumtür sichtbar. Der Baum erstrahlte wieder in dem gelblichen Licht das Hanna noch sehr gut kannte.

Sie öffnete die Tür und trat in den Fahrstuhl. Kaum hatte sie die Tür geschlossen raste die Kabine auch schon nach unten. Als Hanna den Baum verließ und auf dem Bahnhof trat, war dieser Menschenleer.

Sie dachte an die vielen Menschen die von hier aus zurück in ihre Zeiten gelangen konnten.

Einige Kabinen fuhren an ihr vorbei, die Menschen darin winkten ihr zu. Dann kam eine Kabine mit einem irren Tempo vorbeigeschossen, sie warf einen Blick auf den Passagier und bekam einen großen Schreck.

Mit Sicherheit war das Herr Kranz der da an ihr vorbeigeschossen war.

Sie fasste sich an den Hals. Er war also am Leben und garantiert auf dem Weg zu Frau Siebel.

„Und nun?" „Oh, mach die keine Sorgen, der hat keinen dienstbaren Geist, der fährt auf gut Glück und ist noch lange nicht an seinem Ziel. Ich habe gerade den Wächter der Vergangenheit informiert, dieser freut sich schon darauf Herrn Kranz zu begegnen. Die beiden haben einiges zu klären."

Obwohl der dienstbare Geist nicht sichtbar ist, sah Hanna ihn lachen.

Sie zog sich eine von den bereitstehenden Kabinen auf das Gleis und stieg mit gemischten Gefühlen ein. Hatte Herr Kranz sie auch gesehen? Er war sehr schnell vorbeigerauscht sie hoffte, dass er sie nicht bemerkt hatte.

Wie von Geisterhand wurde in der Apparatur vor ihr Ankunftsort und die Zeit eingegeben. Sie drückte wieder auf dem Knopf neben der Stange und zog diese dann vorsichtig an, die Fahrt begann.

Wie mochte Frau Siebel jetzt aussehen? War sie wieder die junge Frau die ihre Zeit damals verlassen hat, oder war sie, mit ihrem jetzigen Aussehen Jahre später zurückgekehrt? Hanna war sehr gespannt.

Ihr wurde immer klarer, dass sie Frau Siebel ohne Hilfe niemals in der Vergangenheit finden würde.

Sie fuhr durch einige Bahnhöfe, die Menschen, die sich dort aufhielten, winkten ihr zu, überall war geschäftiges Treiben. Im Zielbahnhof hielten sie an, sie stieg aus und zog die Kabine vom Gleis. Hier war sie schon einmal ausgestiegen.

Sicher ging sie durch die Halle zum Ausgang. Als sie die Tür aufstieß, war sie wieder auf dem Marktplatz, sie schaute sich um und lächelte, ja, sie kam wieder aus der Litfaßsäule

Genau wie bei ihrem ersten Besuch, auch dabei ging es um Frau Siebel, um ihre Vergangenheit. Damals hatte sie entdeckt, das Herr Kranz die Arme benutzt hatte um an das Modul zu gelangen, auf das Frau Siebels Familie seit Generationen im Auftrag der Außerirdischen aufpasste.

Nun war ihre Mission eine andere, sie wollte herausfinden, was Frau Siebel über die gestohlenen Bücher wusste.

Von der nahen Kirchturmspitze läuteten die Glocken. „Wie damals", dachte Hanna und ging, ohne Nachzudenken, den Weg zur Kirche. Dort hatte sie Gespräche belauscht und dadurch erfahren warum Frau Siebel ihre Zeit verließ.

FRAU SIEBELS GESCHICHTE

Heute war die Kirchentür verschlossen. Unschlüssig stand Hanna auf dem Platz davor. Sie schaute sich um und sah, dass neben der Kirche ein Friedhof war. Das Tor in der Friedhofsmauer war offen. Hanna ging hinein und das Tor schloss sich hinter ihr.

Eine seltsame Ruhe empfing sie, sogar das Glockengeläut war nicht mehr zu hören. Es war, als sei sie in eine andere Zeit eingetaucht. Erstaunt sah sie sich um. Der Friedhof war plötzlich in dasselbe gelbliche Licht getaucht wie ihr Garten wenn sich in der alten Eiche die Tür zum Bahnhof öffnete.

Hanna drückte ihren Bären ganz feste an sich, ihr war unheimlich zumute. Sie wartete was wohl jetzt passieren würde.

Zuerst passierte gar nichts. Hanna wollte schon wieder gehen als das Tor sich plötzlich öffnete und Frau Siebel den Friedhof betrat.

Hanna sah alles wie durch eine Scheibe. Sie wusste, sie konnte jetzt keinen Kontakt zu ihr aufnehmen, es war als sei sie in einem Kino. Sie war nur Zuschauer. Äußerlich hatte Frau Siebel sich nicht verändert, sie war immer noch die alte Frau die sie kannte.

Langsam schlürfte sie zu einem der Gräber und setzte sich schwerfällig auf eine davorstehende Bank. „Oh Mutter", sprach sie leise, „was habe ich Dir angetan. Einfach, ohne ein Wort, von Dir fortzugehen. Es tut mir so leid. Die ganzen Jahre wusstest Du nicht, was mit mir geschehen ist. Ich habe mein Leben gelebt und geliebt.

Nicht einmal habe ich darüber nachgedacht wie es Dir dabei erging. Ich werde alles wieder gut machen, Dir eine gute Tochter sein. Nicht mehr lange, und ich bin wieder bei Dir."

Hanna bekam einen Schreck, - ich bin wieder bei Dir -, das hörte sich nicht gut an, wollte sie sterben? „NEIN, du denkst falsch!", ihr dienstbarer Geist meldete sich. „Sie muss weiter in die Vergangenheit reisen.

Sie muss es langsam angehen lassen, immer ein Stückchen weiter zurück. Wenn sie nach so langer Abwesenheit mit einem Sprung zurückgehen würde, ihr Körper würde nach kurzer Zeit große Probleme bekommen.

Nun muss sie noch etwas in dieser Zeit bleiben, dann wieder ein Sprung, und so weiter. Am Ende ist sie dann wieder da, wo sie hergekommen ist. Mit jedem Stopp vergießt sie einiges von dem was sie erlebt hat.

Am Ende kommt ihr neuer Anfang und sie hat alles vergessen. Sie lebt dann da weiter als wäre alles nicht geschehen. Deshalb habe ich diesen Stopp gewählt wo für sie noch alles im Gedächtnis gespeichert ist."

„Aber wie kann ich sie denn hier etwas fragen? Irgendetwas trennt mich doch von ihr." „Ja, die Kontaktsperre, an die habe ich gar nicht gedacht. Nur der Wächter der Zeit kann sie aufheben, ich werde mich gleich darum kümmern."

Hanna sah sich um, es gingen Menschen über den Friedhof. Keiner nahm Notiz von Frau Siebel. Eine Frau, die mit Blumen in der Hand zu dem Grab wollte, ging durch Frau Siebel, und sogar durch die Bank auf der sie saß, hindurch.

Nun bekam sie einen Schreck, das sah gruselig aus. Frau Siebel war also hier, genau wie sie, unsichtbar für alle anderen.

Sie tat Hanna leid, so hatte sie sich ihre Heimkehr sicherlich nicht vorgestellt. „Na, dann wird das hier wohl nichts mehr", dachte Hanna und wollte den Friedhof verlassen. Sie ging einige Schritte Richtung Ausgang. Noch einmal schaute sie sich um.

Was sie nun sah, ließ ihr das Blut in den Adern erfrieren. Wie aus dem Nichts stand Herr Kranz plötzlich vor der Scheibe. Wütend schlug er immer wieder vor diese. Frau Siebel bemerkte nichts davon.

Nun kam auch der Wächter der Zeit, er nickte Hanna zu und machte eine Faust Richtung Scheibe. In dem Moment, als

Herr Kranz erneut mit voller Wucht vor die Scheibe schlug, schlug auch der Wächter zu. Ohne ein Geräusch verschwand die Scheibe einfach.

Erstaunt und erschrocken blickte Frau Siebel hoch. Als sie erkannte wer vor ihr stand, lächelte sie schüchtern, wie ein junges Mädchen und stand langsam auf.

Herrn Kranz, der gerade lospoltern wollte, traf dieses Lächeln wie ein Blitz. Es hatte wohl immer gewirkt, er wurde ganz ruhig, lächelte zurück und nahm sie in den Arm.

Was war denn das? Hanna rieb sich die Augen. Soviel Zärtlichkeit hatte sie Herrn Kranz nicht zugetraut. Er wirkte jetzt fast menschlich. Langsam löste er sich aus der Umarmung und setzte sich mit ihr auf die Bank. Keiner der beiden sagte ein Wort.

„Haben wir den Kerl schon wieder unterschätzt, ich dachte, er braucht viel länger um sie zu finden." Ihr dienstbarer Geist seufzte. „Doch vielleicht ganz gut so, mal sehen was sich die Zwei zu sagen haben, ihm erzählt sie bestimmt mehr als dir."

Auch der Wächter der Zeit schaute gespannt auf die beiden.

„Weißt Du", fing er nach endlos erscheinender Zeit des Schweigens an zu sprechen. „Du bist so ziemlich der einzige Mensch auf diesem Planeten, der mir etwas bedeutet. Sonst habe ich, wie auch schon auf meiner Welt, nie das Gefühl dazuzugehören.

Bei Dir und Deinem Lächeln fühle ich mich immer gut aufgehoben. Wenn ich nicht höhere, wichtigere Ziele hätte, aus uns wäre etwas primares geworden."

Sie schwieg und starrte vor sich hin. „Ich kann verstehen", fuhr er fort „dass Du Dich, besonders in letzter Zeit, alleine gelassen gefühlt hast. Ich komme meinem Ziel immer näher und muss mich jetzt nur darauf konzentrieren.

Wenn mir diese Göre mit ihren Bären nicht immer dazwischen gekommen wäre, wahrscheinlich hätte ich mein Ziel schon lange erreicht.

Bei einem Zusammentreffen hat sie mir so einen Wächter der Zeit auf dem Hals gehetzt, vor dem muss ich mich jetzt auch hüten wenn ich in der Zeit herumreise. Alles ärgerlich."

Frau Siebel starrte noch immer nur vor sich her. Dass sie nicht reagierte schien ihn nicht zu stören. „Was ich brauche sind zwei Bücher." Nun schreckte sie hoch, schaute ihn an und sagte hastig:

„Es war nicht meine Schuld, alles kam so plötzlich. Ich habe lange nicht verstanden was da vor sich ging. Bitte, glaube mir, ich bin nicht schuld." Sie fing an zu weinen.

Hanna und der Wächter waren aufs äußerste gespannt wie es weiterging.

„Es war so", nach Worten suchend stockte sie, dann fuhr sie fort. „Ich saß auf der Bank an der Haltestelle, ich wartete nicht auf dem Bus, wollte mich nur kurz ausruhen. Ein Mann von großer Gestallt setzte sich auch. Er nickte mir zu und fing an Susy zu streicheln. Diese aber knurrte ihn an und setzte sich auf die andere Seite neben mir.

„Ich heiße Magierus Sneider", fing der Mann ein Gespräch an, „ich kenne Herrn Kranz gut." Beim   aussprechen dieses Namens   sprang   Herr   Kranz   hoch. „Magierus Sneider? Bist Du ganz sicher?"

„Ja, natürlich, solch einen Namen hört man doch nicht alle Tage. Du musst ihn doch auch kennen." „Ja, leider." „Er tat jedenfalls so als währt ihr Freunde, ist das nicht so?" „Jetzt egal, erzähl weiter."

Auch Hanna kam aus dem Staunen nicht heraus, was wollte dieser Sneider von Frau Siebel? „Werden wir bestimmt gleich erfahren", sagte ihr dienstbarer Geist. Gespannt lauschten sie weiter.

„Dieser Herr Sneider trug einen Beutel bei sich. Er reichte ihn mir und bat mich, den Inhalt für Dich aufzubewahren. Es wären wichtige Bücher die Du unbedingt bekommen müsstest.

Ohne eine Antwort abzuwarten stand er auf, nickte mit zu und ging. Du kannst Dir denken wie erstaunt ich war. Auch ich erhob mich, nahm den Beutel, der war schwerer als ich dachte.

In diesem Moment hielt der Bus. Ohne lange zu überlegen stieg ich ein und stieß fast mit Herrn Hörster zusammen. Der wollte gerade aussteigen."

DER DIEBSTAHL

„Herr Hörster? den kennst Du auch?"
Herr Kranz regte sich immer mehr auf.
„Ja, vor einiger Zeit sprach er mich beim
Einkaufen einfach an, er wollte seiner
Frau gerne einen Hund schenken und
wollte wissen, was so ein Tier kostet und
was man alles so braucht.

Er hatte so viele Fragen, dann lud er
mich zu einem Kaffe in die Bäckerei ein.
Wir unterhielten uns über die Kosten,
spontan bat er mich, mich doch einmal zu
Hause besuchen zu dürfen um zu sehen
wie viel Platz so ein großer Hund braucht.

Er war immer sehr Charmant, und sehr
höflich, Susy bekam immer Leckerlis. Da
war nichts Geheimnisvolles, einfach nur
eine nette Bekanntschaft."

Schweigend hatte Herr Kranz ihr zugehört. „Eine Verschwörung, es kann nur eine Verschwörung sein. Wie ging es weiter?" „Herr Hörster stieg nicht aus, er setzte sich neben mich und erzählte, dass er einen Züchter gefunden hat der gerade Welpen, die bald verkauft würden, hätte.

Sein Sohn wäre schon ganz aufgeregt. Dabei fütterte er Susy die ganze Zeit mit Leckerlis. .Ich Dummkopf erzählte ihm von Herrn Sneider, dem Beutel mit den Büchern und das Susy diesen Menschen angeknurrt hatte. Er zeigte keine Reaktion meinte nur, dass Hunde manchmal klüger seien als Menschen.

Er stieg mit mir aus und bot mit an, den Beutel für mich zu tragen. Ich war froh darüber denn wir mussten noch ein ganzes Stück laufen.

Bei einer Wiese blieb Susy stehen, sie musste mal. Herr Hörster sagte, dass er einen Bekannten gesehen hätte und diesen kurz begrüßen wollte. Ich nickte und er ging den Weg zurück. An den Beutel hatte ich gar nicht mehr gedacht.

Nun, Susy war fertig und ich schaute mich nach Herrn Hörster um. Dieser war nirgends zu sehen, Ich ging dann langsam nach Hause. Erst nach einigen Tagen bekam ich ein mulmiges Gefühl.

Herr Hörster meldete sich nicht und ich wusste nicht wo ich ihn finden könnte. Ich wusste gar nichts von ihm, weder wo er wohnte noch wo er arbeitete.

Was war mit den Büchern? Warum brachte er sie nicht? Waren sie so wertvoll dass er sie behalten wollte, vielleicht sogar verkaufen? Sollte ich mich so in einem Menschen getäuscht haben?

Und was war mit Dir? Was sollte ich Dir sagen wenn Du vor mir stehst und die Bücher verlangst?

Ich wusste nicht mehr ein noch aus. Da beschloss ich, ich gehe zurück. Dahin wo ich herkam. Langsam wird mir klar was ich hier angerichtet habe. Ich bin feste entschlossen das wieder gut zu machen." Verzweifelt hob sie ihre Arme zum Himmel.

Hanna hätte jetzt auch gerne eine Bank auf die sie sich hätte setzen können. Das war ja der Hammer! Herr Sneider, ein Dieb! Und Herr Hörster auch.

Da war ja noch einiges aufzuklären.

„Wir sollten jetzt gehen, es wäre gut, einen Vorsprung zu haben ehe Herr Kranz loslegt." „Um den werde ich mich erst einmal kümmern, der wird hier noch eine ganze Weile beschäftigt sein." Der Wächter der Zeit nickte ihr zu. Das war gut, ihr Herz schlug heftig.

Auf dem Weg zurück zum Bahnhof überlegte sie, mit wem sie zuerst sprechen sollte. Klar, Frau Fichte war ihre erste Wahl, doch sie wollte dafür sorgen, dass alle Auserwählten dabei waren. Der Weg nach Hause war schnell zurückgelegt.

ANNAS ANKUNFT

Als Hanna aus der Eiche kam wartete Susy schon auf sie. Aufgeregt lief sie zum Haus, drehte sich zu ihr als wollte sie sagen – beeil dich. Dann, als sie im Hausflur stand, sah sie durch das Milchglas der Haustür einen Schatten.

Neugierig öffnete sie die Tür, und traute ihren Augen nicht, Anna stand vor der Tür. Bevor sie sich besann, fiel ihr ihre Freundin lachend und weinend zugleich um den Hals. Sie drückte Hanna so feste das diese keine Luft mehr bekam

„Oh Schatzi, habe ich dich vermisst, wie sehr, das fällt mir jetzt erst so richtig auf. Sind meine Eltern bei euch?" Hanna schüttelte den Kopf, sie konnte vor Überraschung nicht sprechen.

„Irgendetwas muss schief gelaufen sein bei ihrer Planung, jedenfalls, am Flughafen war niemand der uns begrüßt hätte. Mein Onkel hat dann mehrmals versucht, meine Eltern teefonisch zu erreichen. Die Handys waren beide ausgeschaltet.

Da wir nicht mit so etwas gerechnet hatten und er sofort einen sehr wichtigen Termin hatte, setzte er mich noch in ein Taxi und begab sich auf seinem Weg. Zu Hause angekommen sah ich dass alles zur Begrüßung geschmückt war. Richtig süß, leider war aber keiner da."

Während Anna erzählte waren sie die Treppe hinauf gegangen. Susy sprang immer vor ihnen her. Hanna schloss auf.

„Nein, deine Mutter hatte wohl nur kurz mit meiner gesprochen Die sitzt jetzt beim Friseur, ich weiß auch nichts." „Na ja, ich habe einen Zettel an unsere Tür geklebt, dann wissen sie wenigstens wo ich bin. Ich bin gespannt, was da schiefgelaufen ist."

„Wie wäre es erst einmal mit einem heißen Kakao?" „Jaaa, und dann setzen wir uns und erzählen uns alles, genau wie früher." „Ja, und da du mein Gast bist, fängst du an."

Hanna war froh jetzt etwas Ablenkung zu haben. Heute konnte sie sowieso niemanden mehr erreichen, außer vielleicht, Frau Fichte. Morgen, nach der Schule wollte sie die Sache gleich in Angriff nehmen. „Ich bin dann mal weg", ihr dienstbarer Geist verabschiedete sich. Hanna nickte.

Anna deutete das Nicken als Aufforderung und fing zu erzählen an. Hanna lehnte sich zurück, schloss die Augen und war in Gedanken an all den Orten von denen Anna erzählte.

Das muss ein schönes Land sein an dem es solche Orte gab.

Anna machte eine Pause und trank von ihrem Kakao, und, als ob sie Hannas Gedanken erraten hätte sagte sie: „Es ist ein interessantes Land, leider gibt es auch da viele Probleme.

Meine Tante bemüht sich, mir nur die schönen Seiten zu zeigen, doch ich bin nicht blind. Einiges läuft da gar nicht gut. Jeder ist seines Glückes Schmied sagt mein Onkel oft." Nachdenklich rührte sie in ihrer Tasse.

„Und, wie ist es euch so ergangen? Alles in Ordnung mit den Bären? Wie läuft es in der Schule? Und, Wichtig, was ist mit Sebastian?" Anna lehnte sich zurück und schaute Hanna neugierig an.

„Oh, hier ist einiges in Bewegung, es geht um sehr alte, wichtige Bücher. Diese wurden gestohlen. Es gibt die üblichen Verdächtigen, Herr Sneider und Herr Hörster spielen eine wichtige Rolle. Ich hoffe, ich habe Sebastian nicht in Gefahr gebracht, ich bat ihn, Zuhause nach den Büchern zu suchen.

Frau Siebel ist in die Vergangenheit geflohen und hat eben erst Herrn Kranz die ganze Geschichte ihrer Flucht erzählt. Es sieht so aus, als sei Herr Sneider der Dieb doch dann hat Herr Hörster die Bücher von Frau Siebel gestohlen."

Anna bekam den Mund nicht mehr zu. „Dann bin ich ja mitten in einem großen Abenteuer gelandet." „Sieht so aus."

ANNAS ELTERN

„Hanna, du hast ja gar nichts gegessen." Mutter rief von unten. Hanna nahm ihre Freundin bei der Hand, „Komm, das wird eine Überraschung." Sie gingen nach unten. Es wurde wirklich eine Überraschung, vor Schreck ließ Mutter eine Tasse fallen.

„Anna, bist du es wirklich? Wie schön dich zu sehen." Mutter nahm sie in den Arm und gab ihr sogar einen Kuss auf die Stirn. „Aber wo sind denn deine Eltern? Sind sie auch hier?"

Die beiden schüttelten den Kopf. „Seltsam, deine Mutter war so aufgeregt sie erzählte, dass sie früh los wollten um noch einen guten Parkplatz zu bekommen, ich weiß noch wie schwierig das war als wir dich zum Abflug begleiteten."

„Beim Abflug? Aber ich bin doch von einem ganz anderen Flughafen abgeflogen." „Was? sag bloß sie sind zum falschen gefahren, o weh, deine arme Mutter. Ihre Handys hatten sie auch ausgemacht, sie wollten von niemanden gestört werden um sich ganz dir widmen zu können."

Anna nickte, „Das mit den Handys haben wir gemerkt. Nun, dann bleibt mir wohl nichts anderes übrig als hier zu warten."

„Leider habe ich jetzt gar keine Zeit für euch, ich muss noch für meinen Mann packen, Geschäftsreise." Sie verdrehte die Augen und ging aus der Küche.

„Wieso hast du nichts gegessen, es riecht doch gut, sogar kalt." „Ich musste doch in die Vergangenheit, hast du Hunger?" Anna nickte. „Ich mache uns etwas warm." Anna verspürte neben dem Hunger auch eine große Müdigkeit, sie wollte sich aber nichts anmerken lassen.

Die Suppe war schnell wieder aufgewärmt und beide aßen mit Appetit. Dann gingen sie in Hannas Zimmer. Anna legte sich auf das Sofa. „Ich hole uns noch einen Kakao, dann erzähle ich dir noch was in der Vergangenheit passiert ist." Anna nickte. Als Hanna mit dem heißen Kakao wiederkam schlief Anna tief und fest.

„Die Arme, sie muss ja kaputt sein nach so einer langen Reise", dachte Hanna. Leise verließ sie das Zimmer.

Mutter war fertig, alles war für Papas Reise gepackt. „Anna schläft, kannst du versuchen ihre Eltern zu erreichen?" Mutter nickte, sie tippte eine Nummer in ihr Handy und wartete. Dann schüttelte sie den Kopf. „Immer noch nur der Anrufbeantworter, komisch." Im gleichen Moment klingelte es Sturm. „Da sind sie!" Mama und Hanna sagte es gleichzeitig.

Im Sturmschritt kamen die beiden die Treppe hoch. „Hallo, das uns so etwas passiert, ich bin völlig fertig." Annas Mutter ließ sich auf den nächsten Stuhl fallen und schlug die Hände vors Gesicht. Ihr Mann gab beiden die Hand. Man sah ihn an, dass ihm die Sache peinlich war.

Nach einer Minute sprang Annas Mutter wieder auf. „Wo ist sie, wo ist unsere Tochter?". Bei uns zu Hause fanden wir einen Zettel auf dem stand, sie wäre hier. Suchend sah sie sich um.

„Ja, klar, sie ist hier." Mutter legte beruhigend beide Arme um sie. „Sie ist oben und schläft." „Oh, gut." Annas Mutter sackte wieder auf den Stuhl. „Ich hatte mich so gefreut, dann diese Enttäuschung, hätten wir doch besser aufgepasst."

„Das ist jetzt nicht mehr zu ändern", auch Annas Vater seufzte. „Währen eure Handys nicht ausgestellt, ihr hättet schon viel früher von dem Fehler erfahren."

„Stimmt, die Handys", der Vater nahm seins aus der Jackentasche und aktivierte es. „Wir wollten uns nur auf Anna konzentrieren und nicht abgelenkt werden." Seufzend schaute er seine Frau an. Die nickte wie abwesend. Dann holte sie tief Luft uns sagte; „Auf in den Kampf, ich hoffe, mir fallen die richtigen Wörter ein ihr alles zu erklären."

In diesem Moment kam auch Vater nach Hause. Überrascht schaute er auf den Besuch. „Eine lange Geschichte, erzähle ich Dir später." Mutter gab ihm einen Kuss.

Hanna ließ die beiden alleine hoch gehen. Sie blieb bei ihren Eltern und erklärte Vater was passiert war. „Na, da ist ja schiefgegangen was nur schiefgehen konnte." Vater schüttelte den Kopf.

Es dauerte einige Zeit bis die drei herunterkamen. Alle strahlten und Anna wischte sich verstohlen ein Tränchen aus dem Gesicht. „Ihr Lieben, wir bedanken uns recht herzlich für eure Hilfe, jetzt wollen wir nicht länger stören. Ich sage mal: wir hören wieder voneinander, einen schönen Abend noch."

Mit diesem Worten schob Annas Mutter Anna zur Tür. „Euch auch einen schönen Abend." Ein letztes Winken und sie waren wieder alleine.

ABSCHIED VON PAPA

„Puh, wenn es kommt, dann kommt auch alles auf einmal. So, jetzt habe ich Hunger." Neugierig schaute Vater in den Topf. „Suppe, genau die brauche ich jetzt." „Guten Appetit, ich gehe hoch, habe eben schon mit Anna gegessen." Hanna atmete tief aus als sie die Tür hinter sich schloss. Genug für heute, was für ein Tag.

Susy, die sich still im Hintergrund gehalten hatte legte sich vor ihre Füße und ließ sich kraulen. Hanna musste ihre Gedanken ordnen. Die Sache mit Frau Siebel musste bis morgen warten.

Vielleicht hatte Sebastian ja dann auch etwas Neues für sie. Auch Frau Fichte musste unbedingt benachrichtigt werde. Aber, alles morgen.

Der Abend verlief Störungsfrei, Hanna verabschiedete sich schon einmal von Vater, er wollte ja am anderen Morgen ganz früh los. Dann ging sie auch schlafen.

Sie träumte von Frau Müller, diese war ihr lange nicht erschienen, es musste wichtig sein: „Hallo Hanna, wie ich sehe hast du die Sache gut im Griff. Schön das du dich um Frau Siebel kümmern wolltest. Die nächsten Schritte wollen gut überlegt sein, bringe dich auf keinen Fall in Gefahr.

Der Hauptgrund warum ich mich bei dir melde ist Luisa. Auch sie ist wieder ganz gesund. Sie ist dir sehr dankbar und wird sich wohl bald bei dir melden. Am besten wäre, du wartest solange und unternimmst nichts alleine. Herr Hörster ist nicht zu unterschätzen.

Er und Herr Kranz verstanden sich einmal sehr gut bis…"

Was war das? Unruhig wälzte Hanna sich hin und her. Susy stand winselnd vor ihrem Bett. Hanna rieb sich die Augen und setzte sich hoch. Sie schaute auf ihrem Wecker

— Mitternacht - . „Geisterstunde", dachte sie. Sich umschauend stand sie auf, war es nur Susy die sie geweckt hatte? Schade, sie hätte gerne erfahren was zwischen den Männern passiert war.

Ohne ihren Bären ging sie leise hinunter. Ihre Eltern waren noch wach.

„Hanna, warum schläfst du nicht? Du musst morgenfrüh zur Schule." „Susy ist so unruhig, sie hat mich geweckt."

„Dann können wir uns ja noch einmal verabschieden, ich fahre gleich los." Papa gab ihr einen dicken Kuss.

„Pass gut auf dich auf und viel Erfolg." „Ich bin schnell wieder da, es sind nur noch Kleinigkeiten zu klären und da Herr Hörster nicht dort ist wird wohl alles glatt gehen."

Ach ja, Herr Hörster, schade das Frau Müller verschwand gerade als es spannend wurde. „Ich gehe wieder hoch, meine Wasserflasche ist leer, ich nehme mir eine neue mit hoch."

Sie öffnete den Vorratsschrank. Susy, die neben ihr stand fing an zu winseln, zog den Schwanz ein und ging Rückwärts. Verblüfft schaute Hanna in den Schrank, da war nichts Auffälliges und ohne ihren Bären konnte sie sowieso nichts sehen. Trotzdem schloss sie den Schrank hastig wieder ohne sich eine Flasche genommen zu haben.

Auf dem Tisch stand noch eine angebrochene Flasche, die schnappte sie sich. Morgen werde ich mir den Schrank genauer ansehen. Gähnend ging sie in ihr Bett, nahm den Bär in den Arm und schlief sofort wieder ein.

Als Mutter sie weckte fühlte sie sich fit und ausgeschlafen. Susy war immer noch unruhig. „Wir drehen gleich unsere Runde, sobald ich mich fertig gemacht habe."

PIA UND JULIA

Während sie sich anzog dachte sie über ihren Traum nach, Nun war ihr klar, was sie sich schon gedacht hatte. Herr Hörster war nicht der, für den er sich ausgab. Auch er kam aus der Vergangenheit. Eigentlich musste er diese doch genau kennen.

Wieso interessierten ihn dann die alten Schriften? Warum wollte er ausgerechnet hier arbeiten? Die alten Bücher waren der einzige Grund, der Hanna einfiel. Sie dachte an Sebastian und seine Mutter. Es war wohl nur noch eine Frage der Zeit, dass dieses Glück zerbrach. Da war kein Ausweg in Sicht.

Nach dem Spaziergang frühstückte sie nur noch und machte sich dann auf den Weg zur Schule. Sie liebte es alleine durch den Morgen zu gehen. Die Luft war klar, der Wetterbericht sagte für die nächsten Tage nur gutes Wetter voraus.

Ob Anna schon wach war? Sicher musste sie sich von der Reise noch etwas erholen.

Plötzlich hatte sie das Gefühl beobachtet zu werden. Suchend schaute sie sich um. Doch da war kein Mensch weit und breit.

Als sie sich wieder ihren Weg zuwandte, erschrak sie. Wie aus dem Nichts standen plötzlich zwei Mädchen vor ihr. Eigentlich nichts besonderes, nur ihr plötzliches Auftauchen -.

Die beiden standen nur da und starrten sie an. „Ist was?", Hanna merkte das sie wütend wurde. Sie mochte es nicht, so angestarrt zu werden. Langsam wollte sie an den Mädchen vorbei. Nun bemerkte sie, dass ihr Bär heiß wurde.

Neugierig schaute sie genauer auf die Zwei. Ihr stockte der Atem, - da war er wieder – dieser bläuliche Schein. Damals hatte sie diesen Schein auch schon um Herrn Sneider herum gesehen und wenn sie sich nicht täuschte, hatte die Frau aus ihren Traum, in dem es um die Zukunft ging, auch bläulich geschimmert.

Sie schaute sich die Zwei also genauer an. Sie waren etwa gleichalt, die eine hatte dunkle, die andere helle Haare. Da sie noch etwas Zeit hatte, blieb sie stehen.

Du bist also Hanna!" Das war keine Frage, das war eine Feststellung. „Wir hätten einen älteren Menschen erwartet." Das dunkelhaarige Mädchen nickte.

„Stimmt, Luisa hat uns ihr alter nicht verraten." Die blonde nickte auch.

„Ihr kommt von Luisa?" Hanna war echt überrascht. „Wie geht es ihr?" „Danke, gut, sie hat uns vorgeschickt um zu sehen, was sich hier so getan hat und ob ihr Gefahr droht. Ich bin Pia und meine Gefährtin heißt Julia.

Wir sind, genau wie Luisa, Wächter des Gleichgewichts." Pia sah sie erwartungsvoll an. „Kannst du uns etwas über die Lage hier sagen?" Julia war genauso neugierig.

Hanna schaute auf ihre Uhr. „Es tut mir leid, aber ich habe jetzt keine Zeit. Wendet euch doch an Frau Fichte, die kann euch bestimmt mehr sagen."

„Wenn du jetzt keine Zeit hast, kommen wir später wieder zu dir. Frau

Fichte muss von unserer Anwesenheit erst mal nichts wissen. Wir halten uns damit an Luisas Anweisung. Dann, bis später." Pia und Julia drehten sich um und waren verschwunden.

Dafür bog Sebastian um die Ecke. „Was machst du denn für ein Gesicht?" „Kneif mich mal, bin ich auch wach? Hast du gerade zwei Mädchen gesehen?" Hanna rieb sich die Augen.

„Nee, hier ist niemand langgegangen, das hätte ich bestimmt gesehen Alles in Ordnung bei dir?" „Ja ja, manchmal habe ich Tagträume, und bei dir? Was macht dein Vater so?"

Immer zog sie Sebastian irgendwie in ihre Geheimnisse mit herein.

„Ich weiß nicht genau, mal so mal so, einmal scheint er unsicher dann wieder sehr siegessicher. Bisher konnte ich bei uns nichts Verdächtiges bemerken. Meine Mutter meinte nur, - Vater schleppt immer mehr Sachen mit zur Arbeit, es würde nur noch sein Bett fehlen-.

Hanna schlug sich mit der Hand auf die Stirn, an diese Möglichkeit hatte sie ja noch gar nicht gedacht, sein Büro. Gerade jetzt, wo ihr Vater auf Reisen war konnte er sich dort ungestört breit machen.

Das war es!

EINE NEUE SPUR

„Sebastian, ich habe ein wichtiges Heft zu Hause vergessen, sei so nett und entschuldige mich für die erste Stunde." Er nickte und Hanna drehte um. Natürlich wollte sie nicht nach Hause sondern zu Frau Fichte. Als Sebastian außer Sicht war, änderte sie die Richtung wieder.

„Ich glaube, das ist keine so gute Idee." Pia war auf einmal wieder neben ihr. „Was meinst du?" „Wenn die Bücher wirklich in seinem Büro sind, sollten sie ruhig dort bleiben. Er kann dort damit gar nichts anfangen.

Also sind sie dort erst einmal sicher. Wenn Frau Fichte beginnt da herum zu suchen würde er gewarnt. Schicke deinen dienstbaren Geist dorthin wenn du sicher bist, das Herr Hörster nicht im Hause ist. Dann wissen wir es genau."

Hanna nickte, Pia hatte recht, Herr Hörster sollte sich ruhig sicher fühlen. Nun, dann doch zur Schule. Sie beeilte sich und holte Sebastian noch ein. „

Das Heft war doch in meiner Schultasche", sagte sie nur als er sie erstaunt ansah.

Irgendwie hatte sie damit gerechnet, dass sich Anna mit der Schule in Verbindung gesetzt hätte um sie alle einmal zu besuchen. Aber es gab keine Nachricht.

Auf dem Nachhauseweg bat sie Sebastian; er möge sie doch anrufen wenn sein Vater zu Hause wäre. Er nickte nur, fragte nicht warum. Hanna war das sehr recht.

Den Nachmittag verbrachte sie mit lernen. Sebastian rief nicht an, ob sie sich bei ihm melden sollte? Nein, so eilig war es nicht.

Was sollte Sebastian denken wenn sie sich nach seinem Vater erkundigen würde. Er machte sich bestimmt so schon seine Gedanken und fühlte sich unsicher.

Draußen wurde es langsam dunkel. Ich muss noch einmal mit Susy raus, dachte Hanna. Ein Spaziergang wird uns beiden guttun. Sie nahm die Leine und Susy war sofort zur Stelle.

Ehe ich gehe schaue ich mir unseren Vorratsschrank genauer an. Natürlich mit dem Bären. Gedacht, getan. Hanna nahm ihren Bären unter dem Arm und ging, mit Susy schon an der Leine, zum Schrank.

Den letzten Meter zum Schrank musste sie Susy regelrecht ziehen. Was sollte das? Wovor hatte sie solche Angst? Noch bevor sie die Tür öffnen konnte betrat Mutter die Küche.

„Was ist denn mit Susy los? Seit einigen Tagen benimmt sie sich seltsam, sie wird doch hoffentlich nicht krank?" Sorgenvoll strich sie über ihren Kopf, Susy beruhigte sich sofort.

„Ich habe eben mit Papa telefoniert, es wird bei ihm wohl wieder länger dauern, er schätzt so zwei bis drei Tage. Das heißt, er wird wohl die ganze Woche weg sein."

Hanna nickte. War das gut oder schlecht? Dadurch gewann Herr Hörster mehr Zeit. Vielleicht fühlte er sich dadurch aber auch sicherer.

„Susy muss noch raus, ich gehe mit ihr noch eine Runde, bis gleich." Mutter hob die Hand. „Bleib nicht zu lange draußen, es ist jetzt schon dunkel."

HERR SNEIDES ERKLÄRUNG

Gleich an der ersten Ecke lief sie Herrn Sneider in die Arme. Es sah so aus, als hätte er auf sie gewartet. „Hanna, ich glaube ich bin dir eine große Erklärung schuldig. Ich weiß, dass zwei Wächterinnen des Gleichgewichtes mit dir gesprochen haben. Auch sie haben menschliche Gestalt angenommen und nennen sich Julia und Pia.

Auch ich bin ein Wächter. Ich kann gut verstehen, dass es mir gegenüber Misstrauen gibt. Mein Fehler war, unsere Feinde zu unterschätzen. Dabei hätte mich das Stück vom schwarzen Loch doch eigentlich warnen müssen diesen Fehler nicht zu begehen. Darf ich dich ein Stück begleiten? Dann kann ich vielleicht einiges aufklären.

Hanna nickte obwohl sie sich gar nicht wohl fühlte, auch Susy knurrte leise. „Lass ihn erzählen, wir hören alle mit." Ihr dienstbarer Geist beruhigte sie. „Gut", sagte sie, ich höre. Langsam gingen sie weiter.

„Mein Plan war so gut, Herr Hörster hat ihn zunichte gemacht, an den hatte ich gar nicht gedacht." Er blieb stehen und sah sie eindringlich an dann sprach er weiter:

„Du musst mir glauben, alles war gut durchdacht, ich kam doch extra wegen dem einen Buch hierher, das andere hatte ich mitgebracht. Um das Geheimnis zu lösen braucht man beide Bücher und eine Zahlenreihe.

Herr Kranz ist der einzige der diese Zahlen hat. Sie sind auf seinem Arm tätowiert. Wenn Frau Siebel, wie geplant, die Bücher zu sich nach Hause gebracht hätte, er wäre mit Sicherheit dort aufgetaucht um sie sich zu holen.

Dann hätte ich zugegriffen. Schon damals auf Herrn Kranz Heimatplaneten ging es um die Bücher. Ihr Geheimnis kennen nur wenige Auserwählte und leider auch einige Verbrecher."

„Es geht dabei um den dritten Bären." Hanna sah Herrn Sneider an. Dieser nickte nur.

Er sah so verzweifelt aus, dass Hanna kurz davor war ihm von ihren Verdacht, Herr Hörster hätte die Bücher in seinem Büro versteckt, zu erzählen.

„NICHT." Ihr dienstbarer Geist hielt sie zurück.

„Ich habe noch ein Problem, die Leute, die mir das Buch geliehen haben, sind auf dem Weg hierher. Ich weiß nicht, wie ich ihnen das Verschwinden erklären soll." Hanna hatte schon lange verstanden dass Herr Sneider ernste Schwierigkeiten hatte. „Ich weiß nicht, wie ich Ihnen helfen kann."

„Du bist doch mit dem Sohn befreundet, kannst du den vielleicht einmal vorsichtig fragen ob da Zuhause plötzlich alte Bücher aufgetaucht sind?" Nun musste Hanna doch lächeln. „Klar, kann ich, mach ich." „Ich danke dir und will dich nun nicht länger aufhalten. Ich wünsche eine gute Nacht."

Ohne sich noch einmal umzudrehen ging er davon. Nun war es schon richtig dunkel geworden und Hanna ging schnell nach Hause. Da hatte Herr Sneider sich ja so richtig verrechnet. Aber warum sollte weder er noch Frau Fichte von ihrer Vermutung etwas wissen?

DIE ENDLOSNUMMER

„Da bist du ja, nun hast du den Anruf
von Ana verpasst. Sie lässt schön grüßen.
Morgen will sie zur Schule kommen. Sie
sagte, sie freue sich ganz Doll." Das war ja
einmal eine schöne Nachricht.

Dann sind ja bald alle da. Sie freute sich
auch schon auf Luisa. Ab jetzt fühlte sie
sich nicht mehr allein, das war genau das
Gefühl das sie jetzt brauchte.

Das Telefon klingelte, Mutter nahm den
Hörer ab. „Ah, Sebastian, guten Abend.
Ja, sie ist hier, Moment ich gebe sie dir.
Verschwörerisch lächelnd gab Mutter ihr
den Hörer. Hanna schüttelte den Kopf,
was hatte Mutter immer wenn es um Sebastian ging?

„Hallo Hanna, ich hoffe, ich störe nicht. Es ist spät geworden, aber ich hatte ja versprochen mich zu melden wenn er zu Hause ist. Er ist gerade herein gekommen."

„Bin schon weg." Ihr dienstbarer Geist machte sich auf den Weg.

„Irgendwann musst du mir alles erzählen." „Ich weiß nicht was du meinst." „Oh, ich denke schon, so geheimnisvoll wie du manchmal bist. Dann die Fragen nach den Büchern. Das seltsame Benehmen meines Vaters, da steckt doch mehr hinter."

Natürlich hatte er recht. Vielleicht hatte er sogar ein Anrecht darauf alles zu erfahren. Er steckte ja mitten drin in der Geschichte, ohne eine Ahnung davon zu haben um was es ging.

„Du hast recht. Pass auf, Morgen kommt Anna in unsere Klasse, du weißt doch noch, dass du ihren Platz bekommen hast weil sie für ein Jahr nach Amerika gezogen ist.

Sie ist meine beste Freundin und seit sie fort ist, ist hier viel passiert. Was hältst du davon, wenn wir uns alle treffen und ich euch beide informiere?"

Eine Weile war Stille am anderen Ende. Hanna wollte schon fragen, ob er noch am Telefon war, da kam ein: „Okay." Dann legte er auf.

„So, ich habe schon gegessen, ich habe für dich etwas vorbereitet. Meine Serie im Fernsehen fängt jetzt an. Wenn du möchtest, kannst du dich ja dazu setzten. „Nein, danke." Mutter schaute ihre Liebesserie die Hanna gar nicht gefiel.

„Ich nehme mir das Essen mit nach oben, komm Susy." Susy hatte in der Zeit ihren Futternapf leergefressen und trottete Hanna hinterher.

Während sie ihre Brote langsam aß, überlegte sie, was sie Sebastian anvertrauen konnte. Würde der ihr überhaupt glauben?

Sie war froh, Anna bei dem Gespräch an ihrer Seite zu wissen. Inständig hoffte sie, dass Anna Zeit hatte.

Auch das Gespräch mit Herrn Sneider ging ihr nicht aus dem Sinn. Wenn Herr Kranz wirklich so wichtig war, müsste sie Herrn Sneider doch wenigstens sagen, dass Herr Kranz bei dem Wächter der Zeit festgehalten wurde.

Das könnte ich auch Frau Fichte sagen, die kann die Info dann weitergeben.

Hanna nahm das Schmuckkästchen, öffnete es und holte den Zettel mit Frau Fichtes Telefonnummer heraus.

Sie schaute auf die Uhr, war es vielleicht zu spät für einen Anruf? Unschlüssig drehte sie den Zettel herum.

Was war das? Die endlos scheinende Nummer auf der Rückseite strahlte plötzlich auf! Wie ein Blitz durchfuhr es Hanna. Hatte Herr Sneider nicht von einer langen Zahlenreihe gesprochen? Und hatte ihr dienstbarer Geist sie nicht immer ermahnt, auf diesen Zettel zu achten?

Wenn das nun der Schlüssel zu den Bücher war und sie ihn in ihren Händen hielt? Ihr wurde vor Aufregung ganz heiß. Wer konnte ihr jetzt sofort Auskunft geben?

Bitte, Frau Müller, melden Sie sich, ich platze vor Neugier! Sie lehnte sich zurück, holte tief Luft und schloss die Augen. Sie fühlte sich erschöpft und müde. Ohne sich auszuziehen legte sie sich auf ihr Bett. Im gleichen Moment war sie auch schon eingeschlafen.

„Hanna, ich bin stolz auf dich. Es macht Freude zu sehen, wie du die richtigen Schlüsse ziehst. Wenn es weiter so gut läuft sind wir bald am Ziel.

Auch ich bin gespannt mit welchem Ergebnis dein dienstbarer Geist zurückkommt. Bewache den Zettel gut. Ich werde mich im richtigen Moment wieder bei dir melden. Gute Nacht."

Hanna lächelte im Schlaf, genau das wollte sie hören.

ANNAS BESUCH IN DER SCHULE

Als Mutter sie am nächsten Morgen weckte, staunte sie nicht schlecht über ihre angezogene Tochter, „Ich war wohl gestern Abend einfach zu müde", versuchte Hanna zu erklären. Dann verschwand sie im Badezimmer. Nach dem Zähneputzen und einer gründlichen Wäsche fühlte sie sich gut.

Heute würde sie Anna wiedersehen, besser kann ein Tag gar nicht beginnen. Auf dem Schulweg hielt sie vergeblich Ausschau nach Sebastian, meistens begegneten sie sich an der Ecke, ob er früher losgegangen war?

Ihr dienstbarer Geist hatte sich auch noch nicht zurückgemeldet. Aber die Freude auf Anna ließ keine schlechten Gedanken zu.

In der Klasse war Annas Besuch das Thema. Sebastian erschien nicht, hoffentlich war er nicht Krank. Dann, nach der großen Pause war es so weit. Anna kam strahlend in die Klasse und das Hallo war riesig. Es gab viele Umarmungen und einige Tränen wurden verdrückt.

Zur Überraschung aller hatte sie einiges vorbereitet. Sie hatte einen kleinen Film gedreht und eine Diaschau gab es obendrein. Alle waren begeistert und viele beneideten sie. An Unterricht war an diesem Tag nicht mehr zu denken. Am Ende bedankten sich die Lehrer für die vielen schönen Eindrücke.

Auch Anna bedankte sich bei allen, sie sagte, wie sehr sie sich auf den Tag freue wenn sie ganz wieder zu Hause wäre. Trotzdem wolle sie das Abenteuer Amerika auf keinen Fall versäumen.

Dann wurde sie von ihrer Mutter abgeholt.

Diese bot Hanna an, sie zu Hause abzusetzen. So konnten sich die beiden noch etwas unterhalten. Hanna bedauerte, dass Sebastian nicht zur Schule gekommen war, er wäre bestimmt genauso begeistert gewesen wie alle anderen.

Es gelang Anna ihre Mutter zu überreden sie am nächsten Nachmittag zu Anna zu lassen. Sie waren an Hannas Haus angekommen und verabschiedeten sich mit einer dicken Umarmung. „Bis morgen."

Während Hanna überlegte, was es wichtiges mit Anna zu besprechen gab, klingelte es. Mutter öffnete und Hanna hörte eine aufgeregte Frauenstimme.

WO IST SEBASTIAN?

Neugierig ging sie hinunter. Vor der Wohnungstür stand Sebastians Mutter.

„Ah, da bist du ja, ich wollte dich gerade herunterrufen. Das ist Frau Hörster. Sebastian ist von der Schule nicht nach Hause gekommen, weißt du wo er noch hinwollte? Die Schulzeit ist ja jetzt schon einige Zeit vorbei."

Beide Frauen sahen sie fragend an. „Aber Sebastian war doch heute gar nicht in der Schule, ich dachte, er ist krank." „Er war nicht in der Schule?" Sebastians Mutter wurde blass.

„Das kann nicht sein, er ist pünktlich wie immer gegangen. Direkt nach meinem Mann. Die beiden haben sich gestern Abend fürchterlich gezankt. Ich weiß nicht genau um was es ging. Ich hoffe, er macht keine Dummheiten, die beiden sind in letzter Zeit nicht gut miteinander ausgekommen."

Die arme zitterte am ganzen Körper. „Kommen Sie doch erst einmal herein." Auch Mutter machte ein besorgtes Gesicht.

„Das wird sich bestimmt aufklären." Frau Hörster nickte, dankbar setzte sie sich.

„Hanna, hol doch bitte einmal ein Glas Wasser." Hanna ging zum Vorratsschrank. In diesem Moment fing Susy an wie eine wilde zu bellen. Schnell nahm Hanna eine Wasserflasche und schloss die Schranktür.

Den Schrank hatte sie ganz vergessen. „Wenn ich mal alleine in der Küche bin, werde ich der Sache auf den Grund gehen", nahm sie sich vor. Doch jetzt war erst einmal Sebastian wichtig.

„Also", Mutter schaute auf ihre Uhr, „wenn der Junge schon seit Stunden vermisst wird sollten Sie vielleicht die Polizei einschalten."

„Ja, wenn er nicht bald wieder auftaucht werde ich das sicherlich tun. Vorher werde ich mich mit meinem Mann in Verbindung setzen, vielleicht hat der ja heute Morgen etwas beobachtet. Er ging ja nur Minuten früher aus dem Haus."

„Natürlich, machen Sie das." Mutter begleitete Frau Hörster zur Tür.

Hanna war zutiefst besorgt. Sie glaubte nicht an ein freiwilliges verschwinden. Bestimmt hatte Herr Hörster damit zu tun. Was, wenn Sebastian unvorsichtig war und sein Vater ihn beim herumschnüffeln erwischt hat? Worüber hatten die beiden wohl gestritten?

„Nicht, das ich am Ende noch Schuld habe wenn ihm etwas passiert." Diese Gedanken behagten Hanna gar nicht. Wenn doch nur ihr dienstbarer Geist bei ihr wäre. Seit der sich aufgemacht hatte Herr Hörsters Büro zu untersuchen, hatte sie nichts mehr von ihm gehört.

Irgendetwas stimmt hier ganz und gar nicht! Es wird nichts anderes übrig bleiben, ich muss mit Frau Fichte sprechen. Pia und Julia haben sich auch nicht mehr gemeldet. Im Moment weiß ich nicht weiter.

Mutter kam zurück ins Zimmer, ihr Blick war noch immer Sorgenvoll. „Ich habe kein gutes Gefühl, Sebastian scheint kein Junge zu sein der einfach abhaut wenn ihm etwas nicht passt." Hanna nickte nur. Betrübt ging sie in ihr Zimmer.

Sie griff nach dem Schmuckkästchen und holte den Zettel mit der Telefonnummer heraus. Dieser Anruf musste jetzt sein. Frau Fichte war direkt am Apparat. „Oh, Hanna, ich habe schon gehört was passiert ist. Sebastian hatte wohl eine Notiz gefunden die sein Vater nicht sonderlich gut versteckt hatte. Beim durchlesen dieses Zettels wurde er von ihm überrascht und böse beschimpft.

Sebastian hat zurück geschimpft und im Eifer des Gefechtes hat er wohl eine Bemerkung über die Bücher gemacht.

Herr Hörster ist wohl misstrauisch geworden und noch einmal in sein Büro gefahren. Dein dienstbarer Geist war wohl gerade wieder weg. Wir sind uns aber nicht sicher, ob er seine Anwesenheit noch gespürt hat. Jedenfalls hat er Sebastian heute Morgen in sein Auto gezerrt und ist mit ihm davongefahren.

Dein dienstbarer Geist hatte alles beobachtet und sich auf die Verfolgung gemacht. Nun beobachtet er alles aus sicherer Entfernung. Es geht Sebastian soweit gut.

Er ist wohl in der alten Wohnung der Hörsters eingesperrt. Herr Hörster wollt wohl auf jeden Fall verhindern, dass Sebastian mit dir in Verbindung tritt. Er hat da wohl so einen Verdacht gegen dich, zu viele Sachen führen immer wieder zu dir."

Hanna sagte gar nichts, gedankenverloren legte sie den Hörer wieder auf. Sebastian geht es gut! Er war in keiner schönen Situation, aber er war wohlauf. Vielleicht gelang es ihm ja sogar aus der Wohnung zu fliehen.

Hanna atmete tief durch, es wurde Zeit, dem ganzen ein Ende zu machen. Die Zeit dafür ist gekommen.

Wenn Luisa erst hier ist werden wir es gemeinsam schaffen. Ihre Bären wurden auch immer öfter warm. Wahrscheinlich konnten auch sie es kaum erwarten ihren Kameraden zu befreien.

DER VORRATSSCHRANK

Nun bekam sie Durst, - ah, der Schrank. Die Gelegenheit war günstig, jetzt konnte sie ergründen was es mit Susys seltsamen Verhalten auf sich hatte. Mit beiden Bären bewaffnet ging sie in die Küche.

Susy war mit Mutter im Garten. Also dann, sie öffnete, innerlich auf ein Monster gefasst, die Schranktür, und entdeckte – nichts.

Irgendwie war sie Enttäuscht. Sie setzte einen Bären auf den Tisch und griff mit der leeren Hand nach einer Wasserflasche.

Aua, was war das? Hanna zog ihre Hand schnell wieder zurück, da hat mich doch etwas gebissen! Einige Tropfen Blut tropften aus ihrem Finger. Ungläubig untersuchte sie den Schrank noch genauer.

Da war nichts, jedenfalls nicht was sie sehen konnte.

Ihr Bär heilte die kleine Wunde. Hanna schloss mit einem unguten Gefühl den Schrank. Was war denn das nun wieder?

Mutter betrat die Küche, sie hatte einige Kräuter aus dem Garten mitgebracht. „Heute koche ich uns etwas leckeres, Hanna könntest du uns noch einige Brötchen vom Bäcker besorgen? Ich bemerke gerade das wir keine mehr haben."

„Klar, mach ich. Susy muss auch mal wieder laufen. Wir machen uns gleich auf den Weg."

HANNA GIBT FRAU HÖRSTER DEN TIPP

Vor der Tür warteten Julia und Pia schon auf sie. „Hallo Hanna, die Sache mit Sebastian tut uns leid. Nie hätten wir gedacht, dass Herr Hörster unschuldige Menschen in seine Sache hineinzieht."

„Und dann auch noch den Sohn seiner Frau. Leider zeigt uns das wieder, dass Menschen nur Mittel zum Zweck sind. Sie werden einfach benutzt."

„Hallo ihr Zwei, habt ihr eine Idee wie ich Sebastian helfen kann?" „Ja, haben wir, du könntest der Mutter einen Tipp geben. Bringe die alte Wohnung ins Spiel, vielleicht reagiert sie ja darauf. So findet sie ihren Sohn und kann ihren Mann überführen." Die beiden sahen Hanna fragend an.

„Super Idee, aber was soll ich ihr raten? Ich kann doch nicht sagen: schauen sie doch mal in ihrer alten Wohnung nach dem rechten.“

„Vielleicht erzählst du ihr, dass Sebastian die Wohnung einmal erwähnt hat. Der Rest ergibt sich dann von ganz alleine.“ Pia schaute sie erwartungsvoll an.

„Ja“, sagte Julia, „und wenn sie dann von Sebastian erfährt, das ihr Mann ihn dort eingesperrt hat, wird sie das der Polizei bestimmt mitteilen. Dann wird er verhaftet und wir haben freie Bahn.“

Sie waren an der Bäckerei angekommen. „Ich kann jetzt nicht mehr mit euch reden. Die Leute können euch nicht sehen, sie würden denken ich führe Selbstgespräche.“

Schweigend betraten sie die Bäckerei. So kurz vor Geschäftsschluss war es noch ziemlich voll.

Als Hanna den Laden verließ, stieß sie fast mit Frau Hörster zusammen. „Hanna, entschuldige, ich habe nicht auf den Weg geachtet. Ich komme gerade von der Polizei. Leider gibt es noch keine Spur von Sebastian. Er ist wie vom Erdboden verschluckt."

„Gut dass ich Sie treffe, ich habe nachgedacht. Wenn ich mich verstecken wollte würde ich mir einen Platz suchen den ich sehr gut kenne. Fällt Ihnen so ein Platz ein?"

Frau Hörster schüttelte den Kopf. „Nein, ich wüsste nicht, wohin er gehen könnte."

„Sebastian hat einmal erwähnt, dass ihr eure alte Wohnung behalten habt. Er sagte, Ihr Mann wolle diese Wohnung als Rückzugsort behalten."

„Unsere alte Wohnung? Er hat sie behalten? Davon wusste ich nichts. Ich werde gleich mit ihm darüber reden."

Hanna schluckte, das war gar nicht gut. „Vielleicht sollten Sie dort zuerst einmal alleine nachsehen, wenn Sebastian vor seinem Vater ausgerissen ist, wäre es dann nicht besser, Sie würden alleine kommen? Es kann ja auch sein, das er gar nicht dort ist."

Frau Hörster sah sie nachdenklich an. „Es ist schon seltsam das er mir die Wohnung verschwiegen hat. Du hast Recht, ich sollte das alleine klären. Ich danke dir für den Tipp, ich werde mich gleich auf den Weg machen." Eilig ging Frau Hörster weiter.

Nun aber schnell nach Hause. Wenn alles nach Plan verlief, würde sie es ja vielleicht noch heute Abend erfahren. Sie erzählte ihrer Mutter von dem Gespräch.

Ab jetzt konnte sie nur noch abwarten. Als sich nach Stunden noch niemand gemeldet hatte ging Hanna schlafen.

Auch am nächsten Morgen blieb alles ruhig. Aufgeregt ging Hanna zur Schule. Dass sie so gar nichts hörte machte sie unruhig. War alles gutgegangen? Eine Nachricht von ihrem persönlichen Geist wäre jetzt gut. Schließlich war es ja ihr persönlicher Geist.

SEBASTIANS BEFREIUNG

„Du hast recht, aber da war es so spannend, das wollte ich nicht versäumen. Schließlich muss ich dir doch alles Berichten können."

„Was war so spannend?" Hanna stellte diese Frage laut. Die Kinder, die auf dem Schulhof im ihrer Nähe standen schauten sie fragend an. „Ich über einen Text."

Hanna grinste dünn. Die anderen nickten und drehten sich wieder um. Ich muss besser aufpassen, ermahnte sie sich.

Der Unterricht begann und Hanna musste sich konzentrieren. Erst später, auf dem Heimweg meldete sich ihr dienstbarer Geist wieder.

„Jetzt hast du Zeit, also hör zu: Gestern Abend erschien Sebastians Mutter nach deinem Hinweis vor der Wohnung. Da sie keinen Schlüssel mehr hatte, klopfte sie gegen die Tür.

Sebastian konnte sich innen bemerkbar machen und schrie dass er die Tür nicht öffnen könne. Daraufhin rief die Frau die Polizei. Diese war auch schnell dort und konnte Sebastian befreien.

Als alle zusammen das Haus verließen, kam Herr Hörster angefahren. Er wollte wohl Sebastian mit essen versorgen. Als er die Situation erkannte wollte er fliehen. Er kam aber nicht weit, die Polizei hat ihn verhaftet.

Für Frau Hörster brach ihre Welt zusammen, ein Notarzt musste kommen. Dieser hat Mutter und Sohn erst einmal ins Krankenhaus gebracht. Das war schon aufregend. Ach so, hätte ich jetzt fast vergessen, die Bücher befinden sich im Büro."

Hanna war stehengeblieben. Wenn sie die Gelegenheit gehabt hätte, sie hätte sich irgendwo hingesetzt. Das waren ja Neuigkeiten.

Gut das Sebastian in Sicherheit war. Das seine Mutter auf diese Art erfahren musste, was für einen Mann sie da geheiratet hatte, war nicht gerade schön. Nachdenklich ging sie weiter.

Sie freute sich auf Anna, gleich würde es so weit sein, sie würde bestimmt auch über diese Neuigkeiten staunen.

Schon lange vor der verabredeten Zeit wurde Anna von ihrer Mutter abgeliefert. Da sich Sebastians Abenteuer herumgesprochen hatte, wollte Annas

Mutter nur schnell noch alles Neue loswerden.

Die Mädchen gingen lieber in Hannas Zimmer. Auch sie hatten sich viel zu erzählen. Als schließlich Hanna mit ihrer Geschichte fertig war sagte Anna:

„Dagegen kommt ganz Amerika nicht an. Hier passiert in einer Woche mehr als dort im ganzen Jahr. Ich glaube, das Schicksal hat mich hier hergeführt damit ich alles, was jetzt noch passiert miterlebe." Hanna nickte.

Natürlich hatte sie ihr auch von Luisa und den beiden Mädchen Pia und Julia erzählt. Auch, dass die drei Wächterinnen des Gleichgewichts sind und das sie sich darunter nichts Genaues vorstellen konnte.

„Herr Sneider erzählte mir auch einmal er wäre so ein Wächter." „Vielleicht kannst du ihn ja mal fragen was genau diese Wächter machen." „Ja, das werde ich", Hanna nickte wieder.

„Dann fahre ich mal los, bis später!" Anna Mutter rief von unten.

ANNA LERNT PIA UND JULIA KENNEN

„Es ist schön wieder hier zu sein, und ich habe noch 10 Tage vor mir. Wollen wir einen Bummel machen? In der Bäckerei soll sich so viel verändert haben. Weißt du noch, als ich dort auf dich warten sollte während du in die Vergangenheit gingst?

Du erzähltest mir wie lange du fort warst und ich hatte noch nicht einmal bemerkt dass du weg warst. Die Zeit läuft dann wohl anders. Unheimlich war das. Komm, lass uns zur Bäckerei gehen, ich lade dich ein." „Ja, gerne, der Kuchen dort schmeckt köstlich." Sie informierten Mutter und zogen los.

Sie hackten sich unter und Anna erzählte noch eine Geschichte. Sie hatte beobachtet dass ein Star ein Taschentuch verlor und sich zwei Fans darum schlugen.

Sie lachten viel. Hanna fühlte sich gut wie lange nicht mehr. Ebenso fröhlich genossen die Zwei ihren Kuchen. Es wurde ein rundherum perfekter Nachmittag.

Auf dem Heimweg warteten Julia und Pia auf sie. Hanna sagte: „Hallo, seht einmal, das ist Anna, meine beste Freundin.

Wartet einen Moment, sie kann euch erst sehen, wenn sie meinen Bären berührt." Die Mädchen nahmen den Bären zwischen sich damit auch Anna die anderen sehen konnte.

Menschen aus anderen Zeiten sind ja hier unsichtbar, nur die Bärenmagie macht sie sichtbar. Anna hatte das nicht vergessen. Hanna hatte den Bären ja sowieso immer dabei.

Obwohl Hanna ihr die beiden beschrieben hatte, war Anna überrascht als sie zwei sieben- vielleicht achtjährige Mädchen vor sich stehen sah.

Doch sie hatte auch gelernt, dass man sich von dem Aussehen nicht täuschen lassen dürfte. Die zwei waren Wächterinnen und hatten bestimmt viel Erfahrung.

„Luisa ist auf dem Weg." Beide sagten es gleichzeitig, schauten sich an und mussten lachen. Ihr Lachen war so ansteckend das Hanna und Anna gleich mit lachen mussten.

„Ernsthaft, sie kommt morgen Mittag hier an. Es steht nur noch nicht fest, ob ihr Vater sie begleiten kann. Leuchto muss sich unbedingt um die Bücher kümmern.

Schließlich ist eines davon eine Leihgabe seines Vaters.

Dieses Buch wurde in der vergangenen Vergangenheit aus dem Raumschiff gerettet." Pia war sehr ernst geworden und Julia nickte bekräftigend dazu.

„Ich würde mich freuen beide wiederzusehen. Anna hat Luisa noch nicht kennengelernt, Leuchto hingegen kennt sie schon. Ich danke euch für diese Info. Dann wird es ja bald weitergehen."

SORGE UM ANNAS OPA

Sie waren am Haus angekommen. Das Auto von Annas Mutter stand schon vor der Tür. „Nun übertreibt sie aber!" Anna schaute in die Runde, „ich bin doch kein kleines Kind mehr. Ich verstehe ja, dass sie Sehnsucht hat, dieses Gefühl hatte ich auch öfter.

Aber mich nun gar nicht mehr aus den Augen zu lassen, - es engt mich schon sehr ein."

„Ja ja so sind Mütter eben."

„Wir werden uns jetzt um Luisas Ankunft kümmern, und denkt bitte daran, es bleibt unser Geheimnis." Hanna nickte noch, dann waren die beiden verschwunden.

„So, dann auf in den Kampf, ich bin einmal gespannt wann ich wieder alleine etwas unternehmen kann." Anna klang bekümmert.

Als sie die Küche betraten saßen beide Mütter am Küchentisch. Annas Mutter zerknitterte nervös ein Taschentuch zwischen ihren Fingern. Es sah so aus, als ob sie geweint hätte.

„Was ist los?" Annas Ärger wich einer Besorgnis. „Ach Anna, dein Opa…" „Was ist mit Opa?" „Er ist gestürzt und hat sich die Schulter gebrochen.

Nun kann er nur noch eine Hand benutzen und ist auf Hilfe angewiesen. Diese muss erst organisiert werden." Puh, irgendwie schien Anna trotzdem erleichtert.

„Ja und nun", Hannas Mutter machte eine Pause und sah die beiden an. „Nun haben wir überlegt, ob Anna nicht besser für einige Tage bei uns bleibt."

Anna musste sich setzen, wenn das keine Neuigkeiten waren, sie wusste nicht, ob sie sich freuen oder traurig sein solle. Im Moment war sie ein bisschen von jedem.

„Was ist mit Rambo? Bleibt der auch hier?" „Rambo, nein, den nehmen wir mit. Opa mag ihn doch so gerne. verstehe mich jetzt nicht falsch, Opa mag dich natürlich auch sehr gerne. Aber Rambo ist schon zufrieden wenn er gestreichelt wird und sonst seine Ruhe hat.

Ich weiß nicht, zu welchen Stellen wir müssen und wie lange es dort dauert. Leider können wir das ja auch nicht verschieben. Schau, hier hast du alles was du brauchst, dort wärst du nur allein." Ihr kamen schon wieder die Tränen.

Anna sprang auf und nahm sie in den Arm. „Nein, nein, reg dich nicht noch mehr auf, Alles wird gut. Deine Entscheidung war richtig. Wenn ich solange hierbleiben darf nehme ich die Einladung gerne an." Sie schaute strahlend lächelnd zu Hanna.

„Dann wär das geklärt, komm, dann lass uns nach Hause fahren, du musst ja einige Sachen packen. Ich liefere dich dann hier ab bevor wir fahren."

Zu Hannas Mutter gewandt sagte sie: „Ich bedanke mich nochmals, mir ist ein großer Stein vom Herzen gefallen. Das das ausgerechnet jetzt passieren musste. Wir werden so schnell es geht wieder hier sein."

„Das ist kein Problem, Anna ist bei uns immer willkommen." Aufgeregt gingen die beiden.

„Kaum herrscht bei uns ein bisschen Ruhe, geht es bei anderen los. Zuerst Sebastian, nun Anna, das hört wohl nie auf." Mutter seufzte.

Es passt alles, dacht Hanna und nickte Mutter zu. Es fügte sich alles wieder so, wie es gebraucht wurde. Annas Opa tat ihr leid, so ein Bruch musste ja weh tun. Er braucht bestimmt nun Hilfe rund um die Uhr. Das Anna dadurch einige Tage zu ihr kommen konnte war trotzdem toll.

ANNAS EINZUG

Morgen war Freitag da hatte sie nur vier Schulstunden dann fing ihr Wochenende an. Dann waren aber auch die Büros geschlossen, es war ihr sowieso noch ein Rätsel wie sie an die Bücher kommen konnte.

Selbst Leuchto konnte, falls er überhaupt kam, nicht einfach in das Amt spazieren und die Bücher dort herausholen. Auch wenn er unsichtbar war, die Bücher waren es nicht. Mit solchen Gedanken schlief sie ein.

Im Traum hörte sie ein leises Klopfen, unruhig drehte sie sich hin und her. Da war es wieder, diesmal stand sie auf und machte Licht. Nun war alles still. Susy hob verschlafen den Kopf, sie hatte wohl nichts gehört.

Sie ging zur Tür, da war auch niemand. Sie legte sich wieder schlafen und schlief bis zum wecken durch.

Noch nie hatte sie das Ende der Schulstunden so herbeigesehnt. Endlich war es soweit, alle strömten aus der Schule. Erwartungsvoll sah sie sich auf der Straße um. Irgendwie hatte sie erwartet, dass sie abgeholt würde, aber, weit und breit war keiner zu sehen. Auch zu Hause war keiner, ein Zettel lag auf dem Küchentisch:

Liebe Hanna,

bin eben etwas Einkaufen. Papa kommt ja auch heute wieder. Er schaut auf dem Heimweg noch in seinem Büro vorbei. Frau Fichte wollte ihn dort wohl sprechen. Bei Anna wird es auch später, ihre Mutter muss noch einige Telefonate führen, am Wochenende sind ja alle

Ansprechpartner nicht erreichbar. Ich glaube, sie war so durcheinander dass sie das Wochenende gar nicht auf dem Plan hatte.

Bis gleich, Mama.

Hanna legte den Zettel wieder auf den Tisch. Was wollte Frau Fichte von Papa? War das ihr Versuch an die Bücher zu kommen? Während sie so grübelte war es wieder da – das leise Klopfen. Sie schaute sich um. Woher konnte es kommen? Sie ging zum Vorratsschrank.

Ihr Bär brummte, das hatte er lange nicht mehr getan. War das eine Warnung? Unschlüssig stand sie vor dem Schrank. Was sollte sie tun? Die Entscheidung wurde ihr abgenommen – es klingelte.

Hanna öffnete und sah erst einmal einen Koffer. Dahinter Anna die fröhlich lächelte. „Meine Eltern haben mich nur herausgelassen, sie sind direkt weitergefahren.

Mutter macht sich große Sorgen um Opa. Ich auch, aber ich könnte sowieso nicht helfen, ich würde nur im Weg stehen."

„Komm erst einmal herein, Meine Mutter ist noch unterwegs, lass uns deine Sachen hochbringen. Schön das du da bist." „Ich weiß nicht woher meine Mutter immer ihre Infos hat aber sie erzählte Papa eben im Auto dass Sebastian und seine Mutter heute aus dem Krankenhaus entlassen werden.

Sein Vater wird noch von der Polizei festgehalten. Er hatte Sebastian wohl an einem Stuhl gefesselt damit der nicht fliehen konnte. Mein Vater meinte, das würde seine Strafe erhöhen."

„Der arme Sebastian, wusstest du, dass er von Herrn Hörster adoptiert wurde? Der ist gar nicht sein Vater." „Nein, das wusste ich nicht."

Hanna hatte für Anna ihr Sofa zu einem Bett umgebaut. Anna ließ sich darauf fallen, schaute aus dem Fenster und sagte: „Es wäre Klasse wenn sich ausgerechnet am diesen Wochenende etwas ganz tolles ereignen würde. So extra für mich bestellt. In Amerika habe ich unsere Abenteuer vermisst."

„Vielleicht hast du ja Glück." Hanna lächelte Geheimnisvoll. „Du weißt ja das Pia und Julia uns erzählt haben das Luisa heute hier eintrifft. Frau Fichte will sich heute mit meinem Vater in seinem Büro treffen.

Sebastian ist wieder zu Hause, der Wächter der Zeit hält Herrn Kranz in der

Vergangenheit fest. Herr Hörster sitzt im Gefängnis. Das Abenteuer kann ohne Störungen beginnen."

Sie hatte sich zu Anna gesetzt und nahm sie in den Arm. Susy legte sich vor das Sofa, so als wolle sie die beiden beschützen. Doch diese Ruhe hielt nicht lange, Hanna hörte wieder dieses Klopfen, diesmal hob auch Susy den Kopf und spitzte die Ohren. Fragend schaute Anna sie an.

DAS GEHEIMNIS IM SCHRANK

„Hörst du das auch?"

„Was soll ich hören?"

„Ein Klopfen, so als ob jemand ständig gegen eine Tür klopft." Anna lauschte angestrengt, doch dann schüttelte sie nur den Kopf. Susy lief aufgeregt zur Tür. Sie scharrte mit den Pfoten als wolle sie ein Loch in den Boden graben.

„Komm", sagte Hanna, jetzt gehen wir der Sache auf den Grund. Dieses Klopfen höre ich nicht zum ersten Mal."

Während sie das sagt nahm sie auch den zweiten Bären in den Arm. „Der muss auch mit."

„Toll", dachte Anna, „das Abenteuer beginnt!"

Die drei gingen in die Küche, Susy lief direkt zum Vorratsschrank und bellte diesen an. Die Mädchen schauten sich verschwörerisch an, Anna nickte und Hanna öffnete die Tür mit einem schnellen Ruck.

Sie hatten sich schon die Monster ausgemalt die in dem Schrank sitzen mussten. Was sie aber nun zu sehen bekamen ließ ihr Herz schmelzen.

Ein klitzekleines Wesen, es sah aus wie eine Elfe. So jedenfalls hatte sie sich Elfen immer vorgestellt.

„Komm, fass den Bär an und schaue." Sie hielt Anna eine Bärentatze hin. Anna hatte den zweiten Bären auf den Tisch gesetzt, ergriff die Pfote und war genauso entzückt wie Hanna.

„Das wurde aber auch Zeit!" Die Stimme klang vorwurfsvoll, „ich warte hier schon ziemlich lange." „Wer bist du?" Hanna ging gar nicht auf den Vorwurf ein.

„Nennt mich einfach Fee. Ich habe mich verflogen, bin wohl irgendwo falsch abgebogen. Eigentlich sollte ich Sebastian beschützen. Ich weiß auch nicht was schiefgegangen ist, und dann noch in einem Schrank zu landen…

Es tut mir leid, dass ich dich gebissen habe, aber ich brauchte einen Tropfen Menschenblut, ohne diesen könntet ihr mich jetzt immer noch nicht sehen.

Nun habe ich aber ein neues, großes Problem. Es hätte Sebastians Blut sein müssen. Ich kann nur dem Menschen helfen dessen Blut in meinem Körper fließt. Ich bin ein dienstbarer Geist."

Verblüfft schauten die Mädchen sich an.

„Vielleicht kannst du ja Sebastian herbestellen, ich würde dann versuchen einen Tropfen Blut von ihm zu bekommen. Dann erst wäre alles wie das Gleichgewicht es braucht."

Erwartungsvoll blickte die kleine Fee von einer zur anderen. „Ich weiß nicht, ob das so schnell geht, er ist gerade erst aus dem Krankenhaus gekommen. Ich werde versuchen ihn einzuladen."

Anna nickte, dann lerne ich ihn auch kennen, ich habe ihn ja bisher nur einmal gesehen." „Das ist doch ein guter Grund für eine Einladung." Die beiden waren sich einig.

VATER BRINGT DIE BÜCHER MIT

Die Tür ging auf und Vater kam schwer beladen herein. „Hallo Mädels, könntet ihr mir bitte einmal helfen? Ich wollte nicht zweimal laufen und nun habe ich zu viel im Arm." Sie sprangen zu ihm und nahmen ihm Tüten und Taschen ab.

„Vielen Dank. Hanna, sei vorsichtig mit dem Beutel. Es sind sehr alte Bücher drin. Frau Fichte wollte mich ja unbedingt heute im Büro treffen. Sie drängte mich, in Herrn Hörsters Büro zu gehen und dort nach den Büchern zu suchen.

Herr Hörster hat sie sich wohl einfach, ohne zu fragen, aus ihrem Haus mitgenommen. Sie wirkte sehr nervös, ein Buch ist wohl unendlich wertvoll und nur eine Leihgabe. Ich bot ihr an, sie und die

Bücher, die ich schnell gefunden hatte, in ihr Amt zu fahren.

Sie erklärte mir dass dort im Augenblick Handwerker zugange wären, die Bücher wären daher bei mir übers Wochenende am sichersten aufbewahrt. Also, behandelt sie bitte wie einen wertvollen Schatz." Das sind sie auch, dachte Hanna. Sehr sorgfältig legte sie den Beutel auf den Tisch.

„Anna, schön dich wiederzusehen, wie doch die Zeit vergeht. Ich glaube, du bist gewachsen." Er nahm sie in den Arm und zwinkerte Hanna zu. „Mama ist noch einkaufen, so früh hat sie wohl nicht mit dir gerechnet."

Kaum hatte sie ausgesprochen kam Mama zur Tür hinein. Sie sah ihren Mann an, strahlte und sagte: „Schön das Du wieder da bist. Anna, du bist ja auch schon da.

Dann sind wir ja komplett. Ich habe uns etwas zu essen bestellt. Es müsste gleich geliefert werden."

Vater nahm sie in den Arm. „Ich habe Dir etwas mitgebracht, Lass uns meinen Koffer auspacken." „Dann gehen wir hoch, Anna hat auch noch etwas auszupacken"

Sie nahm den Beutel vom Tisch und nickte Anna zu. Fee hatte es sich auf ihrer Schulter bequem gemacht. Ihr Bär wurde so heiß, Hanna dachte, gleich verbrennt er mir die Haut.

Im Zimmer angekommen nahm sie zuerst den Bären aus ihrer Pullitasche, ihr war, als hätte er eine andere Farbe angenommen Bär Nummere Zwei war weder heiß noch sah er anders aus.

„Los!" sagte Anna, „worauf wartest du? Hole die Bücher schon aus dem Beutel."

„Soll ich wirklich? Wäre es nicht besser auf Luisa zu warten?"

„Wir wollen sie ja gar nicht benutzen, nur anschauen." Hanna nickte, anschauen kann ja nicht schaden. Vater hatte sie ja auch angefasst und nichts war passiert.

Vorsichtig zog sie das große Buch aus dem Beutel und legte es auf den Tisch. Nun kam das kleiner dran. Anna wollte das große Buch öffnen. Es ging nicht. Verblüfft schaute sie Hanna an.

„Wie geht das Buch denn auf?" „Wieso? Einfach aufklappen." „Nein, es geht nicht." Nun versuchte auch Hanna ihr Glück. Nichts zu machen, das Buch ließ sich nicht öffnen.

Vielleicht kann Teddy ja helfen, dachte Hanna und legte den immer noch heißen Bären auf das Buch. Gespannt warteten die beiden was jetzt wohl passieren würde.

Es passierte wirklich etwas: der Bär nahm seine alte Farbe wieder an und als Hanna ihn enttäuscht von dem Buch herunter nahm, war er auch nicht mehr heiß.

„Sei nicht traurig, das was du da gemacht hast war gut. Du hast etwas in Gang gebracht. Die Bärenmagie ist in das Buch eingedrungen. Nun ist das, was auch kommen mag nicht mehr aufzuhalten."

Fee sprach zu ihr wie es sonst nur ihr dienstbarer Geist tat. Hatte sie nun zwei? „Nur solange bis ich zu Sebastian kann, dann bist du mich los.

„Sebastian! Wir sollten versuchen ihn zu erreichen." Kaum hatte Hanna ausgesprochen, klingelte es. Sie hörten

Stimmen von unten, dann rief Mutter auch schon nach ihnen.

Unten angekommen grinste Sebastian sie verlegen an. „Hallo, da bin ich wieder. Eigentlich hatte ich gehofft, meine Mutter bei euch zu finden. Sie wollte nur kurz etwas erledigen und ist bis jetzt nicht wiedergekommen."

Hanna gab ihm die Hand und schaute ihre Mutter fragend an. „Ich werde versuchen sie über ihr Handy zu erreichen, geh doch solange mit den Mädels hoch. Wenn ich etwas weiß, sage ich es dir sofort."

„Ja, so wird es das Beste sein, komm." Hanna zog ihm mit.

SEBASTIAN LERNT ANNA KENNEN

„Schau, das ist Anna, meine beste Freundin. Sie macht, wenn man so sagen kann, Urlaub vom Urlaub. Ihr Jahr in Amerika ist noch nicht um. Sie bleibt zwei Wochen, dann fliegt sie zurück. Du hast doch damals ihren Platz in unserer Klasse bekommen."

„Stimmt, wir sprachen darüber Es freut mich, dich kennenzulernen." Sebastian gab Anna die Hand. „Ich habe schon viel über dich gehört, schön dich endlich kennenzulernen." Sebastian ließ ruckartig ihre Hand los, sein Blick war auf die Bücher gefallen.

„Sind sie das?" Langsam ging er auf die Bücher zu. „Halte ihn auf!" Fee schrie es in Hannas Ohr. Diese reagierte sofort und stellte sich zwischen ihm und die Bücher.

Er blieb stehen, sah sie verwundert an und schüttelte sich. „Ich weiß nicht, was mit mir los ist, die Bücher ziehen mich regelrecht an. Ich konnte mich nicht dagegen wehren." Hanna und Anna sahen sich bedeutungsvoll an.

In diesem Moment rief Mutter von unten nach Sebastian. „Geh nur, wir warten her auf dich." Was war denn das nun wieder?

„Siehst du, das ist auch ein Grund warum ich unbedingt Sebastians dienstbarer Geist werden muss." „Das ist ein Grund?" fragte Hanna laut, Anna, die nicht verstand schaute sie verwundert an. „Deckt erst einmal die Bücher ab."

„Wir sollen die Bücher abdecken. Fee spricht mit mir." Anna stellte keine Frage, sie nahm eine Decke und legte sie über die Bücher.

Nun rief Mutter schon wieder. Sie gingen hinunter. „So, ich habe Frau Hörster erreicht. Ihr kam ihre Abwesenheit gar nicht so lange vor. Sie hat wohl eine Bekannte getroffen und nicht damit gerechnet dass Sebastian sie so schnell vermisst. Sie unterschätzt wohl die Folgen die das Ereignis in Sebastian ausgelöst hat."

In diesem Moment hörte man aus der Küche ein lautes Gepolter. Alle liefen hin, auch Papa, er kam aus der anderen Richtung.

Sebastian saß schuldbewusst auf dem Boden. Er wollte wohl an die Keksdose die oben auf dem Schrank stand und war dann beim klettern vom Stuhl gefallen.

„Entschuldigung, aber die Kekse riechen so gut." „Du hast Hunger? Warum sagst du denn nichts?" Vater half ihm hoch.

„Oh, du bist verletzt, Hanna, besorge uns doch bitte ein Pflaster."

SEBASTIANS DIENSTBARER GEIST

„Verletzt? Verletzt ist gut!" Fee schwebte von ihrer Schulter. „Ich danke dir für deine Hilfe, wenn ich bei Sebastian bin, werde ich nicht mehr mit dir in Kontakt treten können. Halte ihn von den Büchern fern!"

Hanna hatte ein Pflaster geholt und Mutter verarztete Sebastians Knie. „Deine Mutter kommt sofort hierher, möchtest du hier unten warten? Ich hole euch die Kekse und Hanna kann bestimmt einen heißen Kakao zaubern."

Die Becher waren noch nicht leergetrunken da war Frau Hörster auch schon da. Mit einem „Wir sehen uns", humpelte Sebastian die Treppen hinunter.

Später, im Zimmer erzählte Hanna was Fee noch gesagt hatte. „Gut dass Fee jetzt auf ihn aufpasst, das mit den Büchern war schon seltsam. Er wusste ja wohl selber nicht, was in ihm gefahren war."

Gedankenverloren nickte Hanna, was würde wohl noch alles passieren?

Nach dem Abendessen meldeten sich Annas Eltern, sie waren gut angekommen und schickten auch viele liebe Grüße von Opa.

Während die Eltern es sich im Wohnzimmer bequem machten, rätselten die Mädchen wie sich das Buch wohl öffnen ließe. „So wird das nichts", ihr dienstbarer Geist meldete sich schon wieder. „Jetzt bin ich nur noch für dich da. Gut, dass Fee jetzt am richtigen Ort ist und ihre Arbeit machen kann.

Ich habe ihr, so gut es ging, geholfen. Ich war es, der Sebastian hierhergeführt habe, und, ich gebe es zu, ich war es auch, der ihm vom Stuhl fallen ließ. Es ging nicht anders, Fee brauchte ihren Tropfen. Lief ja dann auch alles nach Plan.

So, und nun zu dem Buch. Es ist ein magisches Buch. Das magische Buch der Bären. Es kommt aus dem Tiefen des Alls und nur derjenige, der berechtigt ist, kann es mit Hilfe magischer Kräfte öffnen um zu befreien was viele Hundert Jahre darin schlummert."

Hanna war beeindruckt.

„Streng dich nicht an", sagte sie zu Anna. „Um diese Buch zu öffnen braucht man besondere Magie.

Wenn es einfach wäre hätte Herr Hörster es bestimmt geöffnet." „Und woher soll diese Magie kommen?" Hanna hob die Schultern und schüttelte den Kopf.

„Keine Ahnung, wir werden wohl abwarten müssen was noch passiert. Komm lass uns die Bücher runter bringen und noch eine Runde mit Susy drehen."

Ihr erster Gedanke war, die Bücher in Vaters Arbeitszimmer zu bringen, sie besann sich aber anders und brachte sie ins Wohnzimmer. Dort stand direkt neben dem Sofa ein kleines Tischchen, darauf legten sie die Bücher.

„Wir drehen noch eine Runde mit dem Hund." Die Eltern nickten nur und die drei gingen hinaus. „Es war eine gute Idee, die Bücher in Sichtweite deiner Eltern zu legen. Wer weiß, wer noch alles hinter ihnen her ist…"

Anna sagte das im Brustton der Überzeugung. „Ja, im Arbeitszimmer wären sie unbewacht."

Während des Spaziergangs blieb Susy immer wieder stehen, drehte sich um und bellte in die Dunkelheit. So sehr sich die Mädchen auch anstrengten und Ausschau hielten, sie sahen keine Menschenseele."Lass uns umkehren, ich glaub nicht, dass heute noch etwas geschied." Langsam schlenderten sie zurück.

Es war schon seltsam, so spät war es noch nicht, trotzdem war kein Mensch auf der Straße. Die roten Augen, die neugierig aus einem Hauseingang alles beobachteten, bemerkten sie nicht.

„Wenn sich wenigsten Julia oder Pia melden würden. Hoffentlich ist alles gut gegangen und Luisa ist sicher hier angekommen. Ob ihr Vater mitgekommen ist?" Anna zuckte mit den Schultern.

Sie waren kaum zu Hause angekommen, da klingelte das Telefon. Mutter nahm den Hörer ab, sie sagte keinen Ton, reichte Hanna den Hörer „Hier, für dich."

„Hanna, Hanna bist du es?" Sebastians Stimme klang furchtbar aufgeregt. „Ja, jetzt bin ich es, was ist los?" „Ich glaube, ich brauche einen Arzt. Ich habe einen kleinen Mann im Ohr. Ich höre eine Stimme. Hier ist aber keiner der mit mir redet. Werde ich krank? Ist es etwas Ernstes?"

„Was sagt die Stimme denn?" Obwohl Hanna Sebastians Verzweiflung hörte musst sie grinsen. Ihr war es ähnlich ergangen als ihr dienstbarer Geist sie zu erste Mal ansprach. Doch da sie mit ihrem

Bären vorher schon einiges erlebt hatte, war sie nicht so überrascht gewesen wie jetzt Sebastian.

„Die Stimme sagt, ich solle zuhören, es wäre keine Einbildung. Ich halte mir dann die Ohren ganz feste zu dann ist die Stimme erst einmal weg."

„Sebastian, höre dir an was die Stimme zu sagen hat. Es ist wichtig! Nur wenige Menschen sind auserwählt. Stell dir doch einfach vor, auf deiner Schulter sitzt eine kleine Fee…"

„Das ist jetzt nicht dein Ernst. Ich mache mir große Sorgen und du nimmt mich nicht für voll." „Sebastian, frage doch einmal deine Mutter ob du noch etwas raus darfst. Dann komm hierher und ich verrate dir ein Geheimnis."

HANNAS ERKLÄRUNG

Am anderen Ende war Stille. „Sebastian, bist du noch dran?" „Du willst mich wirklich nicht veraschen?" „Natürlich nicht, lass uns reden, dann wirst du verstehen." Hanna hörte ein knacken in der Leitung, er hatte aufgelegt.

Anna ahnte um was es ging. „Er hat die Bekanntschaft von Fee gemacht", riet sie. „Ja, sie versucht Kontakt mit ihm aufzunehmen und er glaub, er fängt an zu spinnen."

„Ich weiß nicht, wie ich reagieren würde." „Das glaube ich dir, besonders wenn es so wie aus dem Nichts kommt." Nun konnten sie nur noch abwarten.

Sie gingen hinunter zu den Eltern. „Vielleicht kommt Sebastian gleich noch einmal vorbei. Er möchte dringend über sein Erlebnis sprechen, ich glaube, er hat einen Schock."

Mutter wollte protestieren, es war schon spät. Sie ließ es dann aber, schließlich war Wochenende und Sebastian tat auch ihr leid.

Als sie schon nicht mehr daran glaubten, schellte es. Sebastian stand mit seiner Mutter vor der Tür. „Entschuldigen Sie die späte Störung, aber er ließ mir keine Ruhe. Ich wollte ihn wenigstens hier abliefern. Auch ich bin noch ganz aufgelöst und kann mir vorstellen wie es in ihm aussieht."

„Kommen Sie doch auch mit herein, vielleicht hilft Ihnen ja auch ein Gespräch mit uns." Mutter machte eine Handbewegung um zu zeigen dass beide Willkommen waren.

„Danke, Sie sind wirklich sehr nett, ich freu mich dass Sebastian so tolle Freunde hat. Ich nehme Ihr Angebot gerne an." Sie nickte den Kindern zu und ging mit Mutter ins Wohnzimmer.

Die drei gingen hoch. Sebastian ließ sich auf Annas Bett fallen und streckte beide Arme weit aus. Er schaute zur Decke und sagte: „So, nun bin ich einmal gespannt welche Erklärung ihr für die Stimme im meinem Kopf habt."

„Ich glaube, es bleibt uns nichts anderes übrig als dir unser Geheimnis anzuvertrauen. Bitte höre mir bis zum Schluss zu. Wir sind dir nicht böse wenn du uns kein Wort glaubst. Du solltest aber bedenken, dass es so manche Dinge gibt, die Existieren ohne das wir davon eine Ahnung haben."

Hanna begann ihre Geschichte zu erzählen, wie Teddy zu ihr kam, wie unsicher und verwundert sie war, wie sie nach und nach Teddys Fähigkeiten herausfand und welche Rolle Herr Kranz spielte.

Sebastian hatte sich gesetzt und lauschte aufmerksam Hannas Worten. Ab und zu schaute er Anna an, diese nickte dann bestätigend mit dem Kopf.

Zuletzt sprach Hanna ihren Verdacht aus, dass auch Herr Hörster mit dem Raumschiff hierhergekommen sei. Zu ihrer Überraschung sagte Sebastian kein Wort. Stumm saß er auf dem Bett.

„Glaubst du uns?" Anna hielt das Schweigen nicht länger aus.

„Wisst ihr, wenn ich diese Geschichte vor einigen Wochen gehört hätte, ich glaube ich wäre vor Lachen geplatzt. Was in letzter Zeit um mich herum und mit mir passiert ist, macht es mir leichter euch zu glauben. Aber ich weiß immer noch nicht, warum ich glaube plötzlich eine Stimme in meinem Kopf zu hören."

„Ich habe dir noch nicht alles erzählt, so viel Zeit haben wir jetzt auch nicht. Die Stimme gehört einem Wesen das dich beschützen will. Nenne es einfach — mein persönlicher dienstbarer Geist.

Er warnt dich immer vor Gefahren und schützt dich so vor bösen Überraschungen. Keiner wird dich mehr gegen deinen Willen irgendwohin bringen können. Es ist eine Ehre einen persönlichen Geist zu haben, und es gehschied sehr, sehr selten dass man einen zugeteilt bekommt.

Meiner zum Beispiel hat mich immer zu den Orten in der Vergangenheit geführt, die für meine Aufgaben wichtig waren. Höre ihm zu und lass dich leiten. Wenn du etwas nicht glaubst, es steht dir ja frei dich anders zu entscheiden."

„Leute Leute, das muss ich erst einmal verdauen, davon werde ich bestimmt in dieser Nacht träumen. Ihr seid mir nicht böse wenn ich mich jetzt verabschiede? Ich muss erst einmal alleine sein."

„Klar, verstehen wir und bitte, zu niemanden ein Wort darüber. Wenn du reden willst, wir sind immer für dich da." Schwerfällig stand Sebastian auf, nickte den Mädchen zu und ging hinaus.

„Das hat er besser weggesteckt als ich dachte, ich bin gespannt wie er sich verhält wenn er erst einmal alles kapiert hat." Sie hörten von unten Stimmen, dann das zuschlagen der Tür und wünschten Sebastian in Gedanken eine gute Nacht.

LUISA UND LEUCHTO

„Hole die Bücher jetzt wieder hoch."
Die Stimme sagte es beschwörend.

„Wir holen uns noch etwas zu knabbern,
erzählen uns noch etwas und lassen den
Tag in Ruhe ausklingen. Ach ja, und die
Bücher sollen wir wieder hochholen. Mal
sehen ob mein Vater die uns so einfach
überlässt."

„Papa und ich haben beschlossen noch
eine große Runde mit Susy zu drehen, die
frische Luft wird uns guttun." Das passt ja
prima, dann würde das mit den Büchern ja
wohl kein Problem.

Hanna holte die Knabbereien und die
Eltern nahmen die Leine und riefen nach
Susy, die kam wie ein Wirbelwind und

freute sich wie immer wenn sie die Leine sah.

Hanna schnappte sich nun die Bücher. Als sie die Tür öffneten stürmte Susy wie eine Wilde wieder herein. Vater rief von unten nach ihr. So schnell wie sie hereingestürmt war, so schnell war sie auch wieder draußen.

„Manchmal möchte ich wissen was mir dem Hund los ist, sie benimmt sich in letzter Zeit immer öfter seltsam", hörte Hanna ihre Mutter sagen.

Sie schloss die Wohnungstür und drehte sich zur Treppe.

Wenn Anna nicht zugegriffen hätte, Hanna hätte die Bücher zu Boden fallen lassen so sehr hatte sie sich erschrocken. Direkt vor ihrer Nase stand Leuchto, er hatte wieder dieses rot in den Augen.

Freundlich lächelte er Hanna an. „Entschuldige, ich wollte dich nicht erschrecken. Deine Eltern gingen gerade raus, so konnten wir durch die offene Tür hinein. Sieh wen ich mitgebracht habe."

Er trat zur Seite und Luisa fiel ihr um den Hals. Sie gab ihr einen dicken Kuss und wollte sie gar nicht mehr loslassen.

Anna stand mit den Büchern im Arm daneben und sah staunend auf Hannas Bewegungen. Hanna bemerkt das und erzählte ihr was da gerade passierte. Luisa ließ sie los.

„Das ist also deine Freundin, ich habe meine auch mitgebracht."

Pia und Julia kamen die Treppe hoch.

„Lasst uns erst einmal in mein Zimmer gehen, dann teile ich den Bären mit Anna, sonst bekommt sie ja gar nichts mit." Anna ging vor und alle anderen folgten ihr. Nachdem sich alle gesetzt hatten und Anna eine Bärentatze ergriffen hatte begrüßte Leuchto auch sie.

Vorsichtig ergriff er dann die Bücher. „Ihr könnt gar nicht ahnen wie gut es ist diese Bücher in Sicherheit zu wissen. Ich hatte schon die größten Befürchtungen.

Erinnerst du dich an deinen Traum von der Zukunft? Ich schickte ihn dir damit du dir ein Bild von dem machen konntest was mit dieser Welt passiert wäre wenn Herr Kranz, wie er sich hier nennt, und seine Bande diese Bücher in ihren Besitzt gebracht hätte.

Diese Bücher sind ein Schlüssel. Wenn wir das magische Buch", er zeigte auf das große Buch das sich nicht öffnen ließ. „Also wenn wir es schaffen das Geheimnis dieses Buches zu entschlüsseln, können wir eure Welt retten.

Das kleine Buch enthält wertvolle Hinweise, mein Vater vertraute es mir an. Ich wiederum vertraute es Magierus Sneider an. Er ist ein Wächter des Gleichgewichts und auf alte Schriften spezialisiert.

Aber, anstatt sie zu entziffern heckte er einen gefährlichen Plan aus. Der ja dann auch voll danebenging. Er wird sich dafür noch verantworten müssen. Er hatte allerdings angefangen die Geheimnisse zu entziffern.

Was er herausfand führte uns wieder zu Herrn Kranz, auf dessen Haut befindet sich ein Code der das Geheimnis des Buches entschlüsselt. Er hatte diesen Code zu Hause gestohlen du ihn sich in die Haut gravieren lassen.

Von Anfang an ging es ihm nur um das magische Buch und die Bären.

Es ist gut dass wir so mächtige Freunde haben. Der Wächter der Zeit hält Herrn Kranz ja noch immer in der Vergangenheit gefangen. Ich befürchte, wir werden in die Vergangenheit reisen müssen und versuchen irgendwie an den Code zu gelangen." Nun machte er ein sehr betrübtes Gesicht.

„Oder", Hanna machte es spannend: „Du versuchst es einmal damit!" Sie griff in das Schmuckkästchen und holte den Zettel heraus.

Verständnislos sahen alle sie an. „Seit diese Nummer in meinem Besitz ist, höre ich immer wieder – pass gut darauf auf! Er wird noch wichtig sein -, den Zettel bekam mein Vater von Frau Fichte, auf einer Seite steht ihre Telefonnummer.

Ich weiß nicht, ob es Absicht oder ein Versehen von ihr war mir diesen Code zu geben."

DIE ENTSCHLÜSSELUNG

Vorsichtig, als könnte er zerbrechen, nahm Leuchto den Zettel. „Wenn das der richtige Code ist, es wäre wunderbar, alle Hindernisse wären beseitigt. Natürlich müssen wir es ganz genau wissen. Wir haben nur einen Versuch. Hanna, wo kann ich mich in Ruhe hinsetzen und alles noch einmal im Buch vergleichen zu können?"

Hanna überlegte kurz, dann sagte sie: Bleib du hier, wir unterhalten uns noch etwas in der Küche. Bis meine Eltern wiederkommen sind wir dort auch ungestört."

Nachdem sie das Zimmer verlassen hatten vertiefte sich Leuchto in das Buch. Magierus Sneider hatte auf die ersten Seiten kleine Zettel mit Notizen gelegt.

Nun galt es, den Rest zu filtern und herauszufinden was noch wichtig war.

In der Küche hatten die Mädels es sich so bequem gemacht wie sie konnten. Luisa erzählte wie es ihr ergangen war und wie sie Julia und Pia kennengelernt hatte. Die beiden sind schon von Anbeginn Wächterinnen des Gleichgewichtes, sie habe Luisa von der Wichtigkeit ihrer Aufgabe überzeugt und auch sie als Wächterin gewinnen können.

Staunend lauschten Hanna und Anna den Geschichten. Gerade als Hanna fragen wollte was genau denn die Aufgaben der Wächter waren, kamen ihre Eltern wieder.

„Oh, hier seid ihr, ich habe mich draußen schon gewundert dass in der Küche Licht war. Ich dachte schon, ich hätte vergessen es auszumachen." „Wir wollten nur noch einen Kakao trinken."

Susy, von der Leine gelassen, lief aufgeregt hin und her, beschnüffelte alle und gab seltsame Geräusche von sich. Die Eltern, die ja nur Hanna und Anna sahen schüttelten nur den Kopf.

„Ich sag es ja, Susy ist völlig durch geknallt." Vater ging ins Wohnzimmer, Mutter holte noch eine Flasche aus dem Vorratsschrank und folgte ihm damit.

„Also, lasst uns dann auch mal wieder hoch gehen, mal sehen ob sich schon etwas getan hat." Als die Mädchen die Tür öffneten schlug Leuchto gerade das kleine Buch zu.

Zufrieden lächelnd sagte er: „Es wird nicht leicht, aber es ist machbar. Einige Sachen müssen von mir noch erledigt werden. Schon Morgenabend ist ein geeigneter Zeitpunkt. Lasst uns jetzt gehen.

Hanna achte bitte darauf dass keiner mehr an die Bücher geht. Durch deinen Bären hast du das magische Buch ja schon geweckt. Es muss unberührt in die Zeremonie kommen. Ich verlasse mich auf euch."

Pia und Julia nickten ihnen zu, Luisa nahm Hanna noch einmal feste in den Arm. Nun waren sie wieder allein.

„Wir sollten schlafen gehen und für morgen genug Energie tanken." „Ja, auf das Abenteuer bin ich echt gespannt." „Ich hoffe, es läuft alles so wie Leuchto es plant, schade das wir nicht wissen was er noch vorbereiten muss."

Hanna löschte das Licht und lauschte in die Dunkelheit, sie hörte Susy leise schnarchen und musste lächeln.

Der nächste Tag begann mit einem heftigen Gewitter, es wurde gar nicht richtig hell. „Seltsam", meinte Vater beim Frühstück, „eigentlich habe sie für heute schönes Wetter angekündigt."

„Ja, stimmt eigentlich irren die sich doch selten und wenn, dann nicht so völlig daneben." Anna und Hanna sahen sich bedeutungsvoll an. Ob das mit dem magischen Buch zusammenhing?

LETZTE VORBEREITUNGEN

Etwas später klingelte das Telefon. Vater ging dran, „Hallo Frau Fichte." Nein, Sie stören gar nicht." „Ja, gut, mache ich, kein Problem." „Okay, richte ich aus, Ihnen auch ein schönes Wochenende."

Fragend schaute Hanna ihn an. „Sie bat mich, Montag, vor der Arbeit die Bücher bei ihr vorbei zu bringen. Übrigens, wo sind sie? Ich habe sie schon vermisst."

„Wir haben sie mit hoch genommen, bitte, dürfen wir sie noch etwas behalten? Wir sind damit auch supervorsichtig. Wahrscheinlich werden wir in unserem ganzen Leben nie mehr so alte Bücher in der Hand haben."

„Na gut, ich weiß ja, das ich mich auf euch verlassen kann." Vater nickte. Die beiden atmeten auf. Hoffentlich sah man den Bücher später den Zauber nicht an.

Hannas Runde, die sie mit Susy machte fiel klein aus, Susy wollte freiwillig wieder nach Hause. Der Regen hatte zwar nachgelassen, Hanna wurde aber, trotz Schirm, völlig durchnässt.

Anna war bei den Büchern geblieben, sicher war sicher. Hanna musste sich umziehen und Anna rubbelte Susy trocken.

„Gut dass wir nicht daraus müssen, ich habe mir Arbeit aus dem Büro mitgebracht, daran werde ich mich jetzt mal machen." „Und ich mache uns etwas leckeres zu essen." Mutter verschwand in der Küche.

„Dann machen wir es uns gemütlich, es gibt noch so viel zu bereden.

Doch viel fiel den beiden nicht ein, Hanna schaute immer wieder zur Uhr, die Zeit wollte nicht vergehen. Sie nahm beide Bären in den Arm und dachte daran was wohl passieren würde wenn es ihnen nicht gelang den dritten Bären zu finden und wenn es gelang? Hätte sie dann einfach drei Bären im Arm?

So richtig wohl fühlte sie sich bei keinen der Gedanken, sie wusste aber dass es kein Zurück gab. Sie mussten den Bären finden.

Wenn Herr Kranz schneller wäre, was dann mit dieser Welt passieren würde mochte sie sich gar nicht weiter ausmalen. Hätten sie doch nur schon alles hinter sich.

„Hast du das auch gehört?" Anna schaute zum Fenster. „Nein, ich habe nichts gehört." Neugierig ging Hanna zum Fenster. Auch Susy spitzte die Ohren. Ein Blick aus dem Fenster genügte:

„Sie sind da! Wir sollten vielleicht runter gehen, der Regen hat auch aufgehört."

„Wir gehen mit Susy in den Garten!" rief Hanna in die Wohnung hinein.

„Wo sind die Bücher?" Leuchtos Aufregung war förmlich zu spüren. „Hallo, erst einmal, hattest Du Erfolg?" Hanna blieb ruhig.

„Ja, ja, aber wir müssen jetzt schnell sein, es gibt ein Zeitfenster." Leuchtos Stimme hatte wieder diesen Widerhall, den alle damals so in Schrecken versetzt hatten, als dieser sein Modul wiederbekam.

„Wir haben die Bücher nicht angefasst, so wie Du gesagt hast.“

„Sehr gut, dann liegen sie ja noch in deinem Zimmer. Da wir deine Bären jetzt brauchen, hat Luisa euch einen Trank gemixt. Dieser Trank versetzt euch in die Lage alles zu sehen was sonst nur mit Hilfe des Bären möglich ist. Vertraut uns, es wird alles gut.“

DER GEHEIME RAUM

Hanna sah Anna an, darauf waren sie nicht vorbereitet. Luisa stand lächelnd vor ihnen, in jeder Hand eine Ampulle und einer Lila aussehenden Flüssigkeit. Sie hielt sie den beiden hin: „Na los, traut euch, ich hoffe, sie schmeckt nicht all zu scheußlich. Nun macht schon."

Ohne lange zu Überlegen trank Anna die Ampulle in einem Schluck leer. „Schmeckt nicht einmal übel wenn man Spinat mag." Sie schüttelte sich wie eine nasse Katze.

„Na dann", sagte Hanna und trank auch ihre Ampulle leer. Sie musste Husten und hatte Angst, dass sie sich übergeben musste so scheußlich war der Trank.

Sie schauten sich um, alles sah wie immer aus. „So, nun gebe bitte Pia und Julia die Bären. Die beiden übernehmen nun eine wichtige Aufgabe." Man sah Hanna an, dass sie dieser Aufforderung nur sehr ungern folgte.

Der Trank hatte seine Wirkung entfaltet, Hanna konnte alle auch ohne ihren Bären sehen.

„Funktioniert das auch bei dir?" Hanna schaute ihre Freundin fragend an. Diese nickte nur Stumm. „So, nun öffnet bitte die Türen damit die Drei mit dem Bären zu den Büchern können.

Wir müssen damit zur alten Eiche. Irgendwo in ihr muss es einen geheimen Raum geben. Den müssen wir als Erstes finden."

Ein geheimer Raum in der Eiche? Das hörte sich doch schon spannend an.

Während Luisa, Julia und Pia die Bücher holten, überlegte Hanna wo sich dieser Raum befinden könnte. Eigentlich doch nur im Bahnhof unter dem Baum, dort war Platz für solch einen Raum. Aber, wie sollten sie den finden?

Es dauerte eine Weile dann kamen die drei durch die offene Tür zurück. Pia und Julia trugen das Buch, nein, die Bären trugen das Buch. Die Mädchen hielten die Bären und das Buch lag auf ihnen.

Luisa kam mit dem kleinen Buch hinterher. Langsam gingen alle zur alten Eiche. Susy lief jaulend ins Haus. Ihr war die Sache hier wohl nicht geheuer.

Je näher sie der Eiche kamen, je dunkler wurde es. Der Baum lag jetzt wieder in das gelbliche Licht getaucht, dass sie ja alle schon kannten. Wie von Geisterhand öffnete sich die Baumtür und vorsichtig traten alle in die Kabine.

Nachdem sich die Tür geschlossen hatte und sich der Fahrstuhl in Bewegung setzte, hatte Hanna das Gefühl, es ginge aufwärts.

Sie wollte etwas sagen aber Leuchto, der das bemerkte, legte ihr sachte seinen Finger auf ihren Mund. Auch Anna sah nicht begeistert aus, und die Fahrt schien kein Ende zu nehmen. Wenn das nur kein Fehler gewesen war, auch den anderen schien diese Fahrt nicht geheuer.

Plötzlich blieb der Fahrstuhl ruckartig stehen. Anstatt das sich die Tür öffnete, klappten alle Seiten der Kabine auf. Staunend sahen sie sich um.

Hanna vermisste ihren Bären, er hatte ihr in unsicheren Situationen immer Sicherheit gegeben. Dafür nahm Anna ihre Hand. So war es besser.

Was sie sahen verschlug ihnen den Atem. Sie waren nun im hellen Sonnenschein auf einer Blumenwiese. Schmetterlinge und kleine Vögel flogen überall herum. Es war super schön, nur wo sollte denn hier ein geheimer Raum sein?

Als ob Leuchto Gedanken lesen könnte sagte er: „Das hier, das alles hier ist der geheime Raum..."

DER FAST UNSICHTBARE STEIN

Er nickte seiner Tochter zu und Luisa gab ihm das kleine Buch. „Bisher ist alles so wie es hierin beschrieben wird, nun müssen wir den fast unsichtbaren geheimnisumwitterten Stein finden, denn in dessen Mitte passt das magische Buch genau in eine Ausbuchtung." Suchend sah Leuchto sich um.

Das konnte dauern, überall wohin man sah, Blumenwiese, und wie sollten sie einen fast unsichtbaren Stein finden?

„Am besten, wir teilen uns auf, jeder sucht in eine andere Richtung. Pia und Julia, ihr bleibt hier stehen, wer etwas entdeckt ruft die anderen, wir müssen dann gemeinsam dorthin." Leuchto zeigte mit dem Zeigefinger in alle vier Himmelsrichtungen.

Vorsichtig machten sie sich auf die Suche. Wenn das Buch in den Stein hineinpassen soll, kann es kein kleiner Stein sein, dachte Hanna.

„Ich glaube, ich habe etwas gefunden", rief Anna, „aber auch nur, weil ich direkt hineingelaufen bin."

Als die anderen bei ihr waren, schüttelte Luisa den Kopf, „Du musst dich vertan haben, hier ist nichts." „Dann komm doch einmal zu mir, stell dich direkt neben mich und mache einen Schritt nach vorne."

Luisa ging zu Anna. „Aua, du hast recht, da ist etwas, lass es mich mal abtasten." Vorsichtig ging Luisa in die Knie und tastete langsam den unsichtbaren Gegenstand ab.

Dort wo Luisa den Stein berührte, wurde er sichtbar, gleichzeitig wurde es langsam, als ob jemand das Licht dämmen würde, immer dunkler. Die Stelle, wo der Stein lag, blieb hell

„Fantastisch, das läuft ja besser als ich es mir vorgestellt habe. Jetzt kann uns keiner mehr aufhalten. Julia, Pia kommt her, aber schön langsam, ich weiß nicht wie das magische Buch reagiert.

Die beiden Taten was ihnen gesagt wurde, fast krampfhaft hielten sie die Bären fest. „Mein Bär wird heiß, ich weiß nicht, wie lange ich ihn noch festhalten kann." Man sah Pia an wie sehr sie kämpfte.

Auch Julia hatte Probleme. Hanna wollte hinzu springen um zu helfen. Leuchto aber hielt sie davon ab.

„Das müssen die beiden jetzt alleine schaffen, es sind ja nur noch wenige Schritte."

Kaum hatte er ausgesprochen machte sich das magische Buch selbstständig. Es flog langsam in den Stein und es sah so aus, als würde es darin versinken.

„Die Bären, schnell, ihr müsst die Bären in Richtung des Steines drehen und vor euch halten!" Leuchto schrie aufgeregt.

„Und ihr müsst euch so stellen, dass der Stein zwischen euch ist." Hanna hatte sich von Leuchtos Aufregung anstecken lassen und schrie ebenfalls.

Pia und Julia verstanden, nickten sich zu und stellten sich so, dass die Bären den Stein genau zwischen sich hatten. „Nun haltet die Bären so, dass sie auf das Buch sehen."

Kaum hatte Hanna ausgesprochen begann ein Feuerwerk aus Blitzen, so stark, dass alle erst einmal die Augen schließen mussten.

Als sie sie wieder öffneten, lag das Buch aufgeschlagen oben auf dem Stein. Dann schwebte der dritte Bär langsam aus dem Buch heraus.

Anna griff wieder nach Hannas Hand. Alle standen ganz ruhig da und staunten.

Luisa ging auf das Buch zu und wollte den Bären greifen. „Noch nicht!" zischte Leuchto, „noch ist der Bann nicht gebrochen. Jetzt kommt der Code dran, hast du den Zettel dabei so wie ich es dir gesagt habe?"

Hanna nickte, vorsichtig zog sie den Zettel aus ihrer Tasche und gab ihn Leuchto.

Der nahm ihn, stellte sich ebenfalls neben das Buch und murmelte eine Zahl nach der anderen, wobei er immer wieder mal längere, mal kürzere Pausen einlegte.

Anna glaubte schon es würde ewig so weitergehen, da brach er ab, drehte dem Buch den Rücken zu und sagte: „Jetzt Luisa, jetzt ist er befreit!"

HANNAS BÄR

Luisa nickte und griff vorsichtig über das magische Buch. In dieser Sekunde bewegte sich das Buch, ein kleiner Wirbelwind schoss heraus und wirbelte den Bären hoch in die Luft. So schnell der Wind kam, so schnell war er wieder verschwunden.

Der hochgewirbelte Bär aber glitt langsam wieder herunter, an Luisa vorbei und direkt in Hannas Arme. Verdutzt beobachtete Leuchto den Vorgang, so hatte er sich das wohl nicht vorgestellt.

Die Bären suchen sich selber aus zu wem sie gehören

Frau Fichte hatte es einmal zu Herrn Stether gesagt als dieser versuchte, sich die Bären anzueignen. Das wäre beinahe schlimm für ihn ausgegangen. Herr Stether gehört auch zu den Auserwählten und hatte bestimmt keine bösen Absichten.

Luisa kam lächelnd zu ihr und sagte: „Er sieht noch richtig platt aus, das wird schon, er wird bald genauso aussehen wie die anderen. Ich danke euch allen, wir sind ein tolles Team. Aber, das war nur ein neuer Anfang.

Ich hoffe, es ist der Anfang vom Ende des Bösen. Ganz werden wir das Böse nie besiegen, doch wenn wir so weitermachen wird das Gleichgewicht erhalten bleiben."

„Anna und Hanna, euch noch einen besonderen Dank. Ich hoffe, ihr bleibt weiter auf unserer Seite und helft uns mit dem Bären unsere Mission zu beenden. Wir sind noch lange nicht fertig."

Leuchto schaute beide fragend an. „Ja natürlich, natürlich machen wir weiter mit, toll wenn wir helfen können." Zufrieden nickend klappte Leuchto das Buch zu.

„Nun müssen wir sehen, wie wir wieder nach Hause kommen. Lasst uns gehen."

Nun gaben Pia und Julia Hanna die Bären wieder. Was nun passierte, damit hatte keiner gerechnet.

Sobald die Bären sich in Hannas Arm berührten, schossen aus ihnen kleine Blitze. Hanna hatte das Gefühl, sie würden ihr entgleiten! Dann war das Blitzgewitter vorbei und in ihrer Hand hielt sie nur noch einen Bär.

Voller Schrecken sah sie sich um, sie hatte keinen Bären verloren. Fragend schaute sie Leuchto an. Auch der war wie versteinert stehen geblieben. Fassungslos schlug er sich mit der Hand auf die Stirn.

„Nun ist es doch passiert, es wurde in Uralten Schriften angekündigt. Nur – ich habe es mir ganz anders vorgestellt, ich dachte, es bedürfe eine große Zeremonie. Dass es so einfach geht hätte ich nicht gedacht.

Es steht geschrieben:

AUS DREI MACH EINS. BEDENKE ABER DABEI. DASS DIE MAGISCHE MACHT WIRD NOCH GRÖSSER GEMACHT.

Das bedeutet wohl, dass du alle drei Bären in einem vereint jetzt in deiner Hand hältst. Die magische Macht dieses Bären ist unbeschreiblich. Mit ihm werden wir gewinnen."

„Hanna, halte den Bär hoch und wünsche uns nach Hause." Leise und sanft klang Luisas Stimme.

Hanna nickte und hob den Bären in die Höhe. Im nächsten Augenblick standen sie wieder vor der alten Eiche.

ÄRGER MIT VATER

Susy kam angelaufen und begrüßte sie als hätte sie Stundenlang auf sie gewartet. Aus dem Fenster rief Mutter zum Essen. Anna rieb sich die Augen. „Du kneif mich mal ich hatte gerade einen Superabenteuertraum!" „Das war kein Traum." „Ich weiß."

„Wir werden uns jetzt erst einmal verabschieden, Anna, würdest du die Bücher nehmen? Frau Fichte wird aufatmen wenn sie wieder in ihrem Besitz sind. Was hier Heute passiert ist, wird sie noch früh genug erfahren."

Leuchto drückte Anna die Bücher in den Arm. Die Mädchen winkten noch zum Abschied dann standen sie alleine im Garten.

Hanna betrachtete den Bären, sie war sich sicher, dass es der Bär war den sie von Frau Müller geschenkt bekam. Ihr Bär mit dem alles anfing.

Wenn sie ihn länger ansah, konnte sie auch die beiden anderen Bären erkennen. Sie strich sich über die Augen.

„Lass uns hineingehen, das muss ich jetzt erst einmal verdauen." „Gut dass wir zusammen waren, so wissen wir bestimmt, dass wir alles erlebt haben."
„Was habt ihr erlebt und wer hat euch erlaubt die alten Bücher einfach mit in den Garten zu nehmen? Gib sie mir, sofort, ich möchte, dass ihr sie nicht mehr anfasst!" In Vaters Stimme klang Zorn.

Die Mädchen nickten und verschwanden erst einmal in Hannas Zimmer. Als sie zum Essen herunter kamen hatte Vater sich noch immer nicht beruhigt.

"Stellt euch doch mal vor, mit den Büchern würde etwas passieren, wie schnell könnten sie beschädigt werden.

Von meiner Tochter hätte ich etwas anderes erwartet.", sagte er gerade zur Mutter als die beiden hereinkamen. Diese nickte und sah die Mädchen vorwurfsvoll an.

„Wir waren wirklich vorsichtig." Sagte Hanna zaghaft. „Du bist besser still, dafür gibt es keine Entschuldigung", knurrte Vater.

„Du hast recht, aber den Büchern ist ja wirklich nichts passiert, also, lass es gut sein. Die beiden gehen nicht mehr dran." Mutter versuchte ihn zu beruhigen.

Es wurde ein schweigendes Abendessen. Die Mädchen verabschiedeten sich danach mit einem „Gute Nacht." Und verschwanden in Hannas Zimmer.

„Das ist ja noch einmal gut gegangen, stell dir vor, er hätte uns erwischt als wir hinaus gingen, wir hätten das magische Buch nicht mitnehmen dürfen." „Ja, ich bin froh, dass alles so gut gelaufen ist, nun bin ich aber gespannt, was als nächstes passiert."

„Wahrscheinlich werde ich dann schon wieder in Amerika sein, du musst mich dann immer auf dem laufendem halten. Jetzt werde ich erst einmal versuchen einzuschlafen. Ich bin müde und doch hellwach. Wahrscheinlich träume ich von Bären und Blitzen."

Hanna nickte, „Dir auch eine Gute Nacht, auch ich bin gespannt, was im Traum noch passiert

Die beiden schliefen schnell ein und träumten neuen Abenteuern entgegen.

FRAU FICHTES ERKLÄRUNG

Wie erwartet träumte Hanna von dem Erlebten, doch es war nun gar nicht mehr Abenteuerlich. Sie ging alle Schritte noch einmal durch. Was ihr dabei auffiel war, das Leuchto versuchte, Durch Luisa an den Bären zu gelangen.

Was hatte er sich davon versprochen? Unruhig wälzte sie sich hin und her. Auch Luisa schien davon auszugehen, dass sie den Bären an sich nehmen sollte. Aber was wäre dann geschehen? Hätte Luisa ihr den Bären gegeben oder hätten sie ihn behalten?

Sie dachte wieder an die Warnung der Frau die sie in der Zukunft traf: Meide die Verräter. Verräter an was? Was hatten diese Leute vor? Sie nahm nicht an, das Leuchto oder gar Luisa zu ihnen gehörten aber konnte sie ihnen wirklich in allem Vertrauen?

Oh Frau Müller, ich wünschte mir ich würde Sie noch einmal treffen und alles in Ruhe mit Ihnen besprechen können. Es war nicht Frau Müller, die in ihrem Traum auftauchte, sondern, Frau Fichte.

„Hanna, quäle dich nicht mit solchen Gedanken, wenn die Zeit gekommen ist, wirst du deine Antworten bekommen. Auch ich bin nicht ganz unschuldig. Um etwas wieder gut zu machen, habe ich deinem Vater die Bücher zugespielt. Mir war klar, dass du die Gelegenheit nutzen würdest.

Ich bin froh, dass der dritte Bär in Sicherheit ist. Ich kann mir schon vorstellen das Leuchto diese Macht gerne für sich gehabt hätte. Er hätte euch damit auch bestimmt nicht geschadet, aber, diese Macht ist unendlich, wer weiß, für was er sie noch benutzt hätte.

Die Bären sind bei dir in Sicherheit weil sie es so wollen. Keiner kann nun mehr ihre Macht missbrauchen, es sei denn, du gibst sie aus freien Willen ab.

In einem hat Leuchto recht, es warten noch viele Aufgaben auf euch. Es müssen noch einige Schurken überführt werden um ihre gerechte Strafe zu erhalten.

Ich werde immer für dich da sein, auch wenn es vielleicht manchmal nicht so aussehen mag. Lass dich nicht beirren und geh deinen Weg.

Nun wünsche ich dir eine gute Nacht, träume etwas Schönes du hast es verdient, ihr habt heute wirklich großes vollbracht."

ANNAS TRAUM

Bei Anna klappte das einschlafen nicht so gut. Das Abenteuer war ja gut ausgegangen, aber, wie geht es Opa? Ihre Eltern hatten sich heute gar nicht gemeldet. Hätten sie bestimmt wenn irgendetwas Schlimmes passiert wäre, tröstete sie sich.

Es war gut das sie jetzt hier war und nicht in Amerika. Sie hätte sich dort nur noch größere Sorgen gemacht. Unruhig wälzte sie sich hin und her, sie beneidete Hanna die tief und fest schlief.

Dann bekam sie noch einen größeren Schrecken, plötzlich berührte sie etwas Feuchtes am Ohr. Sie brauchte eine Minute um zu kapieren das es Susy mit ihrer Schnauze war. Sie hatte wohl bemerkt, dass Anna noch wach war und wollte kuscheln. „Jetzt nicht", flüsterte Anna und drehte sich um.

Der Schlaf übermannte sie, übergangslos war sie im Land der Träume, so nannte es ihre Mutter immer wenn Anna ihr von einem Traum erzählte.

Ihr Onkel stand vor ihr und sagte: „Anna, was du hier erlebt hast kannst du doch nicht geheim halten. Wenn wir daraus einen Film machen würden, er würde ein großer Erfolg!"

„Nein, ich habe es versprochen, niemals würde ich ein Versprechen nicht halten."

Dann erschien Leuchto, er stand genau hinter ihrem Onkel und nickte ihr zu. Unruhig drehte sie sich wieder um. Pia saß neben ihr am Bett und legte beruhigend die Hand auf ihre Schulter. „Ich wünsche dir, dass du alles gut verarbeiten kannst. Sprich Morgen mit Hanna über alles, nur mit ihr."

Anna nickte, dann träumte sie von ihrem Opa, zuerst hatte er einen dicken Gips der vom Hals bis zum Arm herunter ging. Dann konnte er beide Arme wieder bewegen, sie lief zu ihm und er fing sie auf. Da wusste sie, es wurde alles wieder gut.

Sie drehte sich wieder um und schlief feste bis Hannas Mutter ins Zimmer kam und rief: „Aufstehen ihr Langschläfer, letzte Chance zu Frühstücken. Sonst gibt es erst zu Mittag wieder etwas."

Verschlafen öffneten sie die Augen, wie spät war es denn schon? Gut das Wochenende war.

„Okay, wir kommen gleich, eben noch wach werden und etwas waschen."

Zufrieden nickte Mutter und ging wieder hinunter.

„Dann wollen wir mal. was gestern passiert ist, war schon ein super Abenteuer." „Ja, und so wie es aussieht, ist es noch nicht zu Ende. Nun lass uns aber Frühstücken, sonst wird Mutter noch böse." Untergehakt gingen die beiden herunter.

Nachwort:

Da war Anna ja gerade zur richtigen Zeit zu Hanna nach Hause gekommen.

Wie die Geschicht wohl weitergeht?

Es sind noch viele Rätsel zu lösen.

Wird Frau Siebel es schaffen zu ihrer Familie zurückzukommen?

Wie wird Herr Kranz reagieren, wenn er es schafft aus der Vergangenheit zurück zu kommen?

Herr Höster wird sich wohl vor einem Gericht verantworten müssen, oder wird er vorher von seinen Leuten aufgegriffen?

Herr Sneider wird wohl einiges erklären müssen.

Hat Frau Fichte auch etwas zu beichten?

Wird Sebastian sich an seinem dienstbaren Geist gewöhnen?

Auch Herr Bros hat ein Geheimnis, von dem er allerdings selber noch nichts weiß. Dieses Geheimnis hat etwas mit seinen roten Augen zu tun die Hanna schon bei Frau Fichte, Herrn Sneider und der Frau aus der Zkunft bemerkte.

Anna verbringt einige schöne Tage bei ihren Eltern. Wird sie wieder zur Stelle sein können wenn Hanna Hilfe braucht?

Auf all diese Fragen wird Hanna bestimmt auf magisch-abenteuerliche Weise im nächsten Buch eine Antwort finden.